简媜 骆以军 黄锦树 等／著

杨佳娴／主编

孤独
是一种力量

Loneliness
is a Kind of
Power

江苏凤凰文艺出版社
JIANGSU PHOENIX LITERATURE AND
ART PUBLISHING, LTD

图书在版编目（ＣＩＰ）数据

孤独是一种力量 / 简媜等著；杨佳娴主编. -- 南京：
江苏凤凰文艺出版社, 2018.8
　ISBN 978-7-5594-2596-6

　Ⅰ. ①孤… Ⅱ. ①简… ②杨… Ⅲ. ①散文集 – 中国 –
当代　Ⅳ. ①I26

中国版本图书馆CIP数据核字（2018）第168840号

本著作物经墨客文化有限公司代理，由九歌出版社有限公司授权北京时代华
语国际传媒股份有限公司，由江苏凤凰文艺出版社在中国大陆出版、发行中
文简体字版本。

书　　　名	孤独是一种力量	
作　　　者	简　媜　骆以军　黄锦树　等	
责 任 编 辑	邹晓燕　黄孝阳	
出 版 发 行	江苏凤凰文艺出版社	
出版社地址	南京市中央路 165 号，邮编：210009	
出版社网址	http://www.jswenyi.com	
发　　　行	北京时代华语国际传媒股份有限公司　010-83670231	
印　　　刷	北京中科印刷有限公司	
开　　　本	690×980 毫米　1/16	
印　　　张	13.5	
字　　　数	150 千字	
版　　　次	2018 年 8 月第 1 版　2018 年 8 月第 1 次印刷	
标 准 书 号	ISBN 978-7-5594-2596-6	
定　　　价	45.00 元	

目 录
Contents

第一章
我们生来就是孤独

那些无人问津的时光，那些触手可及的孤独，都在磨炼你，栽培你，当你静下心来倾听自己的声音，你会发现，这世界远比自己想象的更宽阔。你的人生不会没有出口，哪怕是用世人认为扭曲荒唐的方式，也会冲撞出那个更好的自己。

第二章

成长是一场冒险，勇敢的人先上路

那些年在黑暗里踉跄前行、一股劲往前冲的你，最终一步一步地成长为现如今冷暖自知的模样。当你一个人在茫茫无际的夜晚踟蹰时，愿你能想起的，不再是孤单和路长，而是波澜壮阔的海、心头炽热的爱和天空中耀眼的星光。

第三章

来自山川湖海，囿于陪伴与爱

你肯定有过这样的过往，一味地向往自由和星辰大海，希望在理想主义与自我意识中活出光芒。年岁渐长，天性中的锋芒已隐于宽容温和，慢慢发现，囿于陪伴与爱也自有它的温馨动人。那就做一个囿于陪伴与爱的人吧，心底留有山川湖海也好。

第四章

踏遍万水千山，总有一地故乡

行走于纷繁的世间，走过很多路，见过很多风景，原以为外面的
世界会更好，回过头却发现，每走过一处，心底反复出现的，依
然是家乡的碧水蓝天和皓月星空。许是年岁渐长，每想到"故乡"
这个词都会有点伤感，眼下的万水千山里，究竟哪里才能算得上
是故乡？

第五章

世界越是荒凉，心灵越被滋养

不必伪装，你就是自己，身处荒凉，学会享受孤独，就不会很寂寞。
红尘陌上，独自行走，绿萝拂过衣襟，青云打湿诺言。山和水可
以两两相忘，日与月可以毫无瓜葛。那时候，只一个人的浮世清欢，
一个人的细水长流。

第六章

仰望生命里的点点曦光

在崎岖坎坷的人生旅途上，我正在艰难地向上爬，我倒下了，又爬
起来；我不断地倒下，也不停地重新爬起来。我跪在碎石和泥泞中
前进，我含着泪，咬紧牙根，拨开前面的荆棘，我的两手和膝盖早
已鲜血淋漓，然而我忍受着一切刺心的痛苦慢慢地，一寸一寸地向
前移动，我虔诚地仰望着高峰顶上的那一点点微弱的曦光。

我们生来就是孤独 1

第一章

那些无人问津的时光，那些触手可及的孤独，都在磨炼你，栽培你，当你静下心来倾听自己的声音，你会发现，这世界远比自己想象的更宽阔。你的人生不会没有出口，哪怕是用世人认为扭曲荒唐的方式，也会冲撞出那个更好的自己。

• • •

自己跟踪自己：这个人和她的单调日常

简媜 / 文

叫太阳起床与叫月亮去睡的人

这个人每日五点起床，无法体会什么叫"爬不起来"。在夏天，醒得比太阳晚些，若是冬天，算是叫太阳起床的人。

如果约她吃早餐，千万别让她挑时间，她若说六点，你可麻烦了。一般上班族八九点吃早餐算是正常，于她而言，这时间离第一杯咖啡已过了三四个钟头而且做完一堆事了。

寅时，一天中的黄金时刻。如果是执行写作计划期间，在一杯热咖啡的陪伴下，直接进入工作状态。趁凶猛的现实未扑来、市场医院银行未开工、诸般人等未活络之前，她自由地放纵思绪在纸上舞动风云。随着窗外绚丽朝霞渐次变得白亮，创作之身渐渐隐退而现实之身越来越明确，交接之际，心情有时十分干脆，有时意犹未尽不忍罢笔。还好，她是擅长平衡的人，穿梭于两个世界亦非难事。

她自以为算特殊了，岂知还有狠角色。不久前，跟断讯三十多年的小学班长共进午餐，他是她小时候认识的第一个美男子，现在是某大公司高阶主管。岁月把童年带走，可是没把记忆抹掉，昔时的"班长""副班长"不聊班务，聊彼此野蛮生长的白发及非常相像的长子长女角色、家庭状况、身体难关、人生担子，惊讶互为对方的男版与女版。当他得知她上了"初中"竟丧父，肃着脸说："发生这么大的事，怎么没跟班长讲！"（他当了六年班长，大小事都管，比老师还熟悉。）如此有责任心、荣誉感具长子性格的班长，轻松愉快地说，习惯早睡早起，每天四点起床，六点进办公室。她睁大眼睛："四……四点起床？六……六点进办公室？"顿时出现小时候看见他的考卷一百分自己只有九十八分的表情。

"那你几点睡？"

"九点半。"

怎么还是拼不过班长呢？连白头发都没他多。

"早睡早起的人，生活单调，天生苦命。"她想。

无论如何，能跟一个"善美男子"同班六年一起长大，是一件非常珍奇美妙的事。

她判断自己以后有机会胜过班长，因为她二姑的睡眠时间是，晚上八点去睡，十二点起来。强调：是当晚。所以凌晨四点时，这个"叫月亮去睡觉的人"已经巡过菜园摘了菜，洗晾衣服毕，煮好稀饭连鱼都煎得赤酥酥了。拿破仑睡眠法，只有"早起"没有"失眠"二字，越早起越苦命，果然，阿姑的苦命指数无人能比，值得写成一本书。

她相信这个祖传的生理时钟将来会传给她，届时，她的生活会比现在单调十倍；为了排解过量的单调，她有可能成为赡养院里巡视每一间房、帮踢被院友盖好棉被的那个"怪老子"（布袋戏人物，也是她的童年绰号，班长还记得呢。）

真这样的话，要小心啊！这个人有可能在无意间，大大地提高了院内老人的死亡率。

厨房里的重训课——二头肌三头肌三角肌锻炼之必要

这个人不禁想，如果早年青春正盛的自己知道三十年后会写什么二头肌三头肌锻炼的文章的话，必定毫不手软地把自己勒死。这个人不禁又想：还好，年轻的那个自己已经死了。

（年轻的自己已经死了，这句话让她愣了一下。）

不可否认，这个人花在厨房的时间不算少。这是自找的，她先生的肠胃不适合外面食物，她吃不惯也不耐烦外食，更不放心把小孩交给不认识的厨师去喂养，为了求生存只有下厨一途。

既然袖子卷起来了，哪能满足于巷口自助餐的水平呢？这人做事有个坏毛病，追求进步，既要进步就得研究观摩实验，脾气又急，一来劲，立刻、马上、现在就要办好。所以，烤箱报到，竹编蒸笼进驻，厨房里设备齐全、兵器俱足、材料充裕。实验难免有失败之时，幸好家中两位男丁乃是死忠派支持者，照单全收，这让她得到虚荣的成就感。"做菜无所谓成不成功，只是味道不同。"善哉斯言，她先生常常劝（接近嫌）她："能吃就好，别弄得太复杂。"问题是，她的个性做不到"能……就好"。举个例吧，豆芽能不掐须吗？那须吃起来跟堵在排水孔的毛发差不多。好漂亮的甜椒西洋芹，当然只能用白盘子装。盛好一盘青菜，能让它指天恨地、张牙舞爪就上桌吗？

不过，户主这种"革命不必成功，同志无须努力"的厨艺论调让她颇舒心！狙击手就是需要这种坚定盲从的"护法大使"。所幸，这人颇有一些家传的厨艺资质（看看端午节前她老母来家包给她的粽子可窥一二），加上又得一位善厨老友指点，颇有进境，一桌十道菜的除夕年夜饭已不是难事。近年来，更把揉面团当成厨房里的重量训练，日久，二头肌三头肌显现。有友人相询食谱，还能写"简式随意馒头做法"分享，略举之："……将面团盖上布，让它睡觉。目测面团已从小学生睡成高中生就可以了，不必等他睡成大学生。"友人对这段描述不满意，这人的答复是："你要享受不可测的乐趣，厨房里没有所谓失败，只有'味道不同'，多么像人生啊！难道你的人生跟别人不同，你就说自己失败吗？"友人无奈，直接去google馒头做法。

这个人家族里曾有五位善厨的大地之母，现在只剩三个。或许年纪到了，人生的炉火也够热，她认真想到传承的事：从小至今，太习惯吃阿母包的粽子、做的红龟粿菜头粿，拿阿姑酿的酱油、腌渍的豆腐乳，吃阿舅做的菜脯，却从未想过他们也会老迈。日前阿姑说："你们要学，等我老了做不动了，你们才有酱油吃。"

没错，阿姑说的是学"酿酱油"。在这几个大地之母眼中，"步步拢要去买"，是一件落魄的事。女人，简单地说，就是变形金刚啦，盘古加女娲加嫘祖合体，简称"恁祖妈"。

当然，她必须先克服语言里的测量问题。大地之母们以丹田之气、洪荒之力所积累的厨房武艺，几近"天书"，当她们说书，无不考验听者的智商与悟性。譬如，问粉量与水量比例，她们会："量其约。"

问调成什么状态，答以："嘎嘎。"

什么款叫嘎嘎？大地之母善喻之："像你呷糜（粥），那锅糜，勺子不会沉下去。"什么叫"不会沉下去"，沉一半算沉得下去还是沉不下去？

再问："你是说'膏膏'吗？还是'糜糜'？"口气略急，答以："不是膏膏糜糜啦，是嘎——嘎——啦。"

讲到后来，她捶胸恨自己无通灵能力。膏膏、嘎嘎、糜糜，是三种不同的粉水比例，这不只关乎一包在来米粉与一条白萝卜的命运，也关乎两位男丁当厨余桶的时间有多长。还好，她毕竟是个想象力还算丰富也能"变巧"的人，东西是死的、人是活的，萝卜糕这种东西能有什么了不起，太硬用来煮汤太软干煎，失败一次之后，任督二脉就通了。

她自觉必须积极一些，趁天色未暗，把大地之母的功夫都学会。这也可能是她的"身世系列"第三部（前两部是《月娘照眠床》与《天涯海角》）会碰触到的内容。

不过，酿酱油、做碱粽，这是出神入化的武功，学得会吗？转念一想，对清晨五点钟就醒来面对现实人生的人而言，能有多困难？

在露易莎咖啡店幻想跟机器人吵架

三年前她完整地把对"老"的思考写成书，出版后忽然生出许多机会邀她往这方向走，连保全、寿险公司都找上门。她一概拒绝，避免自己掉入应用层面江湖，失了专业作家分寸。这情况，在《见面礼》那本书也发生过，一时热闹非常，若不小心又贪心的话，很有可能掉入充满旋涡与暗流的教育江湖。

她不是不知这样拒绝失去了什么，然而人生一趟，岂能什么都要抢到手？她这个人不贪心，只要放在稿纸上能生字的那颗"蓝宝石"继续闪耀，心满意足，至于能不能换算为功名利禄，不在意。连馒头都能自己揉、酒酿也自己酿的人，饿不死的。

虽如此，对"老"的观察与思索仍然存在，而且越来越朝自身设想——当然不是愉快的设想。她对台湾的未来不抱乐观，看不出眼下这个社会翻转的契机在哪里？望不到东向、西向、南向、北向的活路是哪一条？在一个擅长撕裂、热衷械斗却吝于感谢、绝不道歉、拙于理性论述的社会，花太多时间清查、清算、清洗的社会，她太久没看到大人物、没听到能振奋肺腑的言论了。

所以，她设想自己被诅咒竟然长寿，困在一间斗室由一名（或具）机器人照护，应是心智正常稍具远见者的本能反应了。

酷暑之日，她避入露易莎小店吹冷气，在一杯热拿铁的作用之下，幻想自己的老年，在笔记本写下：

那时，该死的人都死了。

我还他××活着。

仅能靠年金过活的我，无力购买客制化机器人，只能向市政府照护局租用"长照机器人"——男的叫阿莱哥、女的叫阿莱姐，乃"老莱子娱亲"典故之转化。宅配公司把"阿莱姐"送来那一天，我还刻意擦了口红，想留给她好印象。

（由于原文甚长，不宜在此啰唆，只说重点。）

刚开始还不错，她算是受过教育有知识水平，工程师灌了好几本我的书的电子文件，还有照片影音档，每天念新闻（报纸早就收光了），言谈之间颇具趣味。而且，细心得很，她会在沙尘暴来袭的早晨播黄莺莺的歌："风吹来的沙穿过所有的记忆，谁都知道我在想你……"对我说："今天不能出去散步了，我们玩扑克牌好吗？"或是，当我儿年节无法来探望，看得出我落寞时，播杜德伟的歌："……在我的心尚未憔悴之前，请你与我见面……"

多贴心啊！

就在试用期满正式录用之后，态度不一样了。她念完当日新闻会来一段评论兼历史回顾，我越听越觉得刺耳，哪来这些偏激仇恨、扭曲事实的言论啊？查看配置文件，赫然发现她的上一任雇主是我极讨厌的"名嘴"，被灌满的64G内存全是那人的"意识形态"。我知道"那张嘴"已经"安静卧床"甚久，不需用高阶机器人，只需能做出移动要求的劳动基本款机器人就行了。没想到，"那张嘴"安静了，"余孽"还在。我删不掉"金也"（这是为机器人专设的代名词）的档案，叫"金也"闭嘴，没想到"金也"更大声地叫我闭嘴！

"闭嘴！"（音量3）

"闭嘴!"(音量6)

"去死吧,废铁!"(音量6)

"去死吧,废人!"(音量9)

我气得朝"金也"丢鸡蛋,这是我拿得动的最具爆破效果的东西,没用,干湿双吸功能,蛋汁还没滴到地上就咻地吸干了。

我哭哭啼啼打给我儿:"远儿远儿,你快来啊,你妈被欺负了!"我儿人在外地忙得不得了,帮我上网预约维修人员叫我少安毋躁。

七个不同部门的维修人员(专门用语叫人工智能医生)按照SOP程序分别跟我比对基本资料,最后依照急诊伤病分类,排定三个月后"检测"。

"笨蛋!等你们来我都死了,为什么那么久?我受不了这堆废铁!"

我的脾气变得很坏,维修人员提醒我,歧视性用语会影响我的敬老点数,点数不够的话叫救护车要等等。他很不客气地说,别家的阿莱姐、阿莱哥手脚不能动严重多了,我家这个只不过"嘴巴坏"而已。

"你要学习跟'金也'相处,机器人也是人,也有人权!"维修人员训我。

"你这什么态度?人权?我的人权呢?你懂不懂敬老尊贤啊?笨蛋!"

"那也要看看你是不是个贤?"

(发火情节,略)

有一晚我假装睡着了,听到(我偷偷戴上助听器)这"废铁"对主管机关报告:"我家这个老妖婆,真难搞啊,旧档气不死她,要求升级!"

我恍然大悟,市政府为了节省年金给付,植入恶意软件,简言之,派蓝骨机器人伺候"绿老人",派绿骨机器人照护"蓝老人",气死验无伤,死一个是一个,救财政。三个月气不死的,升级,六个月一定气得死,六个月气不死,再升级,九个月"铁定"销账。

才想起老友江老狸、魏老枫曾分别对我说："简尊尊，千万别租啊，这些机器鬼都是阴谋啊！"当时我还以为她俩的脑袋瓜萎缩了，诬蔑政府的德政，现在才知这两个老婆子好厉害是先知啊！

呼天抢地之后，流了一滴珍贵老泪之后，我立志活到一百岁。

她写得忘我，直到黄昏，才小跑步回家煮饭。

她常常跳接到那个未来世界，在全联采购时，幻想会在"宠物用品"旁看到"机器人耗材"，甚至猜测柜名会标示"毛小孩""钢小孩"。

实不相瞒，她已经在预习那种恐怖生活了。

"仙履奇缘"五十岁版，王子手上拿的是慢跑鞋

她的理财专员跟她差不多年纪，小个头，却能泳渡日月潭，酷爱跑马拉松，跑遍世界各地。每次去银行，两人聊的大都跟理财无关，跟跑步有关。她记得她说："一旦跑，停不下来，每天很期待晚上去跑步。"

她觉得她的话很具煽动力，这不就是恋爱感觉吗？但她是个大量劳动却不爱运动的人，一向也自恃体能甚佳，除了走路，不必运动。直到写完这本书，前所未有的疲累一寸寸僵化了身躯，走起路来有犀牛之感，尤其在几个五十几岁朋友走了之后，她警觉到该动一动了，虽然不害怕死，但也没什么诱因需要赶着去投胎。

买了一双不便宜的慢跑鞋，搁着，等着。某一个盛夏晚上，她告诉两只脚："今晚咱们来举行开鞋典礼。"戴上小古董MP850听着歌，跑出去了。

她先生也喜散步，但两人出没时间与偏好路径不同，并不同行，但有时会在堤岸碰到。所以，她出门前对他说："希望等一下有缘遇到你。"

住家附近是河堤，她规划了喜好路线；先路过两家DVD出租店还片或新租——她是重度电影嗜好者，除了不喜惊悚片，口味庞杂近乎饥不择食，连小

孩看的皮克斯动画都没错过，每周阅一片或数片，把电影当短篇小说看，最近刚看完《潘神的迷宫》《快乐告别的方法》——再跑向散发樟树香的路段，而后顺着河堤长跑。跑步、健走之所以迷人，在于这是一种无法共享的"愉悦的孤独"。

一个多钟头后，她习惯坐在石椅上休息、喝水，仰望夜空、欣赏月色，或是看宝可梦幽灵"行尸走肉"的逗趣模样，或是盘算如何解决某些现实难题，或是预先幻想下一本书主题，或是任凭夜风吹拂把脑子放空无牵无挂。末了，从一条有花的小径折回家。

某晚，她依稀嗅得暗夜树丛间有栀子花香。太暗，无法辨识。次日下午，她特地跑来一探，果然看见一人半高的栀子树丛里，开了唯一的、在这之后再无花讯的一朵乳白香息的栀子花。

不该在溽暑出现的栀子花，就在她写完书、去了该去的地方探望之后出现。

她猜想，远方有人传来回答。

简媜
《台湾文学经典》最年轻的入选者，台湾文坛最无争议的实力派女作家，著有《红婴仔》《月娘照眠床》等。

我的九十年代

马世芳 / 文

　　我的九十年代，该从一九八九年大学联考说起。考前一个月，高三早就停课，我们还是天天去学校K书。三两哥们儿出来歇息抽烟总会顺便为中国未来发一阵愁。上街觅食，到处都在放《历史的伤口》。直到现在，每听到"蒙上眼睛就以为看不见，捂上耳朵就以为听不到"，我都会回到那年酷暑的南昌街，太阳晒得一切都脱融了颜色。热风刮起来，带着小吃店炸排骨的油烟味。

　　考上大学，发现那时候学生和社会上的奇人怪人满容易就搅和在一起，反正大家都真气乱窜，一股劲儿没处发。于是很多人逃课搞小剧场、去台湾地区立法机构静坐、玩地下音乐、编刊物、写宣言。大一那年学生会长选举，当选的学姐从此平步青云，还连任好几届"市议员"。高票落选的那位学长是个文青，竞选宣传照是他倚着脚踏车望天微笑的侧影，一股落拓不羁的青春锐气。我和他只勉强算是点头之交，有一次骑脚踏车载他回我家拿什么数据，两人席地而坐瞎聊了一会儿。他也喜欢老摇滚，我很阿宅地讲了一堆摇滚史掌故，他兴味盎然地听，一脸大男孩的聪明微笑，眼神明亮，脑子不知道在转些什么，我觉得他实在不像搞政治的人。

　　后来他消失了。我都毕业当兵出社会混了一阵，才又在一场媒体尾牙场合遇见他。仍是一脸微笑，神情有些疲惫，一身邋遢打扮像刚从男生宿舍走出来。长辈以超乎寻常的关怀口吻问候他，后来才听说他得了人人闻之色变的病，过着四处晃荡的流浪汉日子。他自愿当了一出纪录片的主角，片子还得了奖。我在网上找到近年导演的访谈，知道他前几年曾随片登台，但终究还是和所有人失去了联络。

多少曾经青春无敌睥睨着大人社会的人，一转弯就从"正常世界"掉落出去了。另一位当过学生会长的学妹在性别意识蒙蒙初开、"酷儿"还是新鲜名词的年代，和一群姊妹发起"占领男厕"，轰动一时。后来她亦消失无踪，辗转听说剃度出家了。

"掉落出去"最彻底的，便是永别。虽然还年轻，我们却已经见证过同辈人的死。一位校刊社学弟高三那年上吊身亡，留下孤身的老兵父亲，每个人都觉得自己对他的死有责任。告别式上他父亲独自站在灵堂，恭敬鞠躬谢谢同学们来送儿子最后一程。一位社团学姐吞氰化钾死在独居的租处，另一位学长开车撞山壁寻死未果，多年后，报上偶尔会看到他以学者身份针砭时政的投书。

还有我们未曾相识，却仿佛近身擦过的死。北一女中的石济雅和林青慧，一九九四年夏相偕殉死在旅馆，留下遗书："当人是很辛苦的，使我们觉得困难的，不是一般人所想象的挫折或压力，而是在社会生存的本质就不适合我们，每日在生活上，都觉得不容易，而经常陷入无法自拔的自暴自弃的境地。我们是在平静而安详的心情下，完成了最后一件事。"那年轻的死，如此决绝，轻而易举，却又何等深奥。

更多时候我们并没有"掉落出去"，不吭一声融入茫茫人海。结婚的结婚，离婚的离婚，文青变成生意人，愤青变成公务员。

大学四年，编刊物是天大地大的事，当年我们编的那份刊物叫《人文报》。社团开编辑会议，常常跑去罗斯福路辛亥路口地下室一间叫"发条橘子"的咖啡店。整间店都是前卫装置艺术，地方很大但客人永远小猫三两只。

老板是个留胡子的年轻人，反正生意清闲，常常跑来加入我们的讨论。我们编刊物缺钱，"发条橘子"生意烂成那样还是义助了几千块钱广告费，文案曰："某月某日两天不计价，钱随便给，只要你知道。"果然来了不少客人，创下开业以来的纪录。事后结算，煮了几十杯才收到几十块，没多久店就关了，那位老板后来再也没碰见。

一位原本写小说后来转战电影圈的哥们儿，当年一面混"荒原诗社"和戏剧社一面来和我们编刊物。我两在新生南路巷子里的"彼得咖啡"从下午坐到天黑打烊，你一句我一句，一齐掰出一大篇假托为"一群学长姐留下的对话记录"探讨后"解严时期"青年文化与校园生态的亦庄亦谐的虚构文字。那间小店永远飘着烘烤手工饼干的香味，后来老板移民，四位工读生合资把它顶下来，据说老板悉数传授饼干配方，可惜换手经营没多久还是倒了，我再也没吃过那么好的现烤饼干。

文青开店不自今日始，那会儿我就听过好几个女孩说她们的梦想：开一间咖啡店，养一只猫，每天泡泡咖啡放放喜欢的音乐，山中无甲子，寒尽不知年。还真有不少男女文青果然凑钱开了店，但很快倒闭，白白图利了装潢业者。

那几年台北正在盖捷运，到处挖得乱七八糟，粉尘蔽天。因应"交通黑暗期"的口号是不知道从哪里抄来的"Keep Taipei Moving"，实则早晚塞车塞到天荒地老。所谓大安森林公园当时还是一大片烂泥塘，每天堵在这座市容丑陋空气污浊的城市，大家脾气都不好。屡有行车纠纷，都是随手抄起大锁下车一顿暴打，闹出人命的也有。服务业态度普遍糟糕，点个菜要杯咖啡经常遇到不耐烦的脸色。公交车司机总是大吼小叫，动不动急刹车大家撞成一团。新兴的无线电计程车行各拥山头像武林门派，颇打过几场轰轰烈烈的大群架还包围过派出所。

初出社会，仍常回校园和学弟妹搅和，这样认识了当时还在念书的女友后来的妻。我们约会最常去的"潮店"是信义路金山南路巷子的"二点三一"，全台北艺文圈的潮人都聚在那儿，夜愈深生意愈好。那些站在风口浪尖的副刊主编、出版社主编、新锐导演、小说家、文化评论家、剧场人、杂志人、唱片人、广告人，也就三十来岁吧，手边生意都不错，也都很乐意熬夜，既不必回家顾孩子，又还有十来年才会进入有机养生／乐活学禅的人生阶段。那时他们都聚坐灯光昏暗装潢黑白极简的店里噗噗抽着烟（是啊，那是很多人怀念的室内可以吸烟的时代），轻声讨论各种宏观伟大的企划（讲话太大声会被老板赶出门）。店里总放着清冷高妙的电子音乐，来自角落那间专卖偏门小众音乐的店中店。当年不知多少小剧场和广告配乐，都是在那间小铺子挖到的宝。后来"二点三一"也倒了，唱片铺店主去诚品音乐馆担任采购主管，继续造福乐迷。

从小我就在《读者文摘》读过大预言家诺斯特拉姆斯铁口直断：世界末日将是一九九九年，"恐怖大王从天上来"。然而古往今来的预言家千算万算都没算到一只叫Y2K"千禧虫"的东西，让许多人相信地球可能真的会毁灭：万一核电厂或者核弹控制系统一到元旦就当机，岂非人类浩劫？"恐怖大王"原来早就栖身在计算机机壳里啊。

于是各地的岁末狂欢，仿佛都带着几分货真价实的末日感。一九九九年最后一夜，我和女友去敦南诚品地下室艺文空间看雷光夏演出，她的歌和"狂欢"两字距离实在太遥远，我想末日若是听着光夏过的，也算值了。演唱结束已是午夜，敦南圆环有人放起烟火，世界末日似乎还要一会儿才会来。我和女友靠边停下摩托车，抬头静静看了一阵，互道新年快乐。

二〇〇〇年三月十八日晚上，木栅线捷运起点的"中山国中站"，我坐在最后一节车厢等它开动。远远近近传来阵阵鞭炮声，车门关上，列车缓缓加速前进。我望向窗外如常的街景，告诉自己要记住这一刻。新的时代终于到来，世界再也不一样了。

那就是我的九十年代的终点了。

马世芳

作家、广播人，曾出版散文集《地下乡愁蓝调》等。

无人知晓的跌倒

汤舒雯 / 文

八岁的时候我曾一次不慎，从家里仓库内一张高脚的椅子上摔跌下来，重重向这个世界磕过一个头。

躺在地上，第一个念头是担心自己变笨。就那一次来说，我恐怕一辈子都会相信自己曾有机会长成一个更聪明的大人。那是非常扎实的一次撞击。四下无人，在我年幼的脑壳碰触到地面的那一刻，时间好像曾经停止过一瞬，再全面地袭来。

那是我生命中的林中树倒事件。"假如一棵树在森林里倒下而没有被任何人听见，它有没有发出声音？"关于这个哲学问题，我至今没有答案。但我从此相信在无人知晓之处所发生的痛苦、困窘与悲伤，会让人连哭泣都没有了兴致。

现在的我可以看着年幼的我，扶着脑壳，坐了起来。一会儿，再颤巍巍地站了起来。抚着头皮的掌心内一个肿包渐渐鼓起。这样慢吞吞离开那个八岁的仓库。

为什么会爬上那个高脚椅呢？一个人做着危险的事。因为那是童年里的一段时间，我正热衷于扮演老师的游戏。

被父亲的办公室给淘汰，搁置在家里的仓库中，一架高高的移动式白板和一捆麦克笔，生着灰尘被我发现以后，从此成为我放学后在家，一个人的教室布置。

在拥挤着各种废弃物品的仓库里，我找到了高脚椅，开始能勉强而快乐地在白板上写字。四下无人，我亦入了无人之境。扮演起学校老师，我又出了无人之境。想象着台下座无虚席，里面也有一个我自己，我就愈发心急。

有时也对着空无一人的地方，生气恫吓。

那里像是一个金鱼缸。尚不具备任何称得上是知识的东西，年幼的我却每日每日那样不厌其烦，热衷于自己教育着自己。我对于知识与传道，似乎天生具备热情。现在想起来，自己也会觉得惊奇。

记忆中我不曾向任何人提过那一次的跌落，我对那段时光的记忆也在那之后戛然而止。现在这样写了下来，好像那一次的摔落也忽然有了声音。

只是长大以后，总在某些、心里好像连脖子都要摔断了的时刻，不知道为什么，就会不自主地想起来，生命中跌得最重的那一次，和很多人一样，我正在当自己的老师。

我曾相信自己不会是一个更坏的大人。

汤舒雯

创作兼及诗、散文与评论，曾获台北文学奖等。

永泽小朋友

湖南虫 / 文

永泽是经过蜕变的人。我记得一开始看《樱桃小丸子》，他并不像后来那样尖酸刻薄，每一句话都以刺伤别人为目的，什么样的事经过他，都会出现世故的解读，而所有"不要以为别人不知道你在想什么"的潜台词，他也是非说出来不可的，好像憋着就会爆炸一样。

那在早期因为想着"他家发生火灾很可怜啊"的同情，在后期因为他战力超强的发言，消失殆尽。

想起中学时一个总被霸凌的同学，忘了名字，就称他为永泽二号吧。

永泽二号在开学那天，被随机分配坐在我的前面。因为大部分同学都从同一所小学的毕业生而来，即使打乱过顺序，班上总还有几张熟面孔，不会让人太紧张。导师从第一排发下来基本资料表叫大家填写，永泽二号往后传时，顺口问了我的名字，说他从另一所小学来，都没有认识的人啊，妈妈叫他要积极点认识新朋友。

因为当时的我还算是一个好相处的人，便把名字写在一张纸条上给他。

基本数据表上有一栏是"最好的朋友"，我填的当然是已经被分到其他班去的刘冠豪。下课时候，大家在走廊上认亲，另外组成地下班级，和真正的好朋友玩在一块。放学了，也和小学时的朋友一起离开。

永泽二号就担负起每个班上都要有的那个落单的角色。而原本孤孤单单不惹人注意，或许也可以平顺地走完缺乏存在感的三年，只可惜他的病情实在不可能让他自然隐藏起自己。某天上历史课，他不知发生什么事，好像被附身，忽然侧过身弓起背，对着隔壁的女生瞪大了双眼，两只手还无法控制地僵成弯曲状态。女同学问我："他怎么了？"我说我不知道，"又在搞怪了吧……"非常无奈。因为他实在太常在上课时转过身和我讲话，那时我已经很讨厌他。

几分钟过去，他像又夺回身体，恢复了意识，却大梦初醒般突然站起来，走到教室外面去，老师喊他名字也不理。全班都愣住了，这家伙又在发什么疯呢！身为班长的我，只得走到外面去拉他回来，成为全世界唯一近身看见他四处张望不知身在何处的模样。

下课时我终于忍不住对他说："你可以不要再制造麻烦了吗？"他说好。

但大约两星期后，他就在午饭时间因癫痫发作，满嘴饭菜地倒在教室后方。那时我和女同学才知道历史课时原来发生了什么事，我也更意外发现他竟然在基本资料卡的"最好朋友"栏上填了我的名字。导师把我找去，说："你是班长，又是他最好的朋友，以后要多照顾他。"因为实在太震惊了，我竟然连辩解都放弃，就接受了这个事实，回到教室后，还沉浸在"我真是个好人啊"的悲壮情怀里。

不过这个好人当不到一个月，我就和班上大多数同学一样受够他了。不知是否出自于某种被揭发的自卑，他经常欺负对他最好的几个老师。美术老师特别照顾他，他觉得被找麻烦，一次上课上到一半突然站起来对着老师破口大骂，把老师骂哭了。不给他任何特殊待遇的老师则是因为罚写的作业太多，他考不好，就当着全班面前把考卷撕了，说："就是有你这种人，大家才都不想上学！"

永泽二号简直就是把老师们都当成藤木一样在攻击，明明已经是少数愿意和他做朋友、关心他的人了，却都遭箭矢乱射。他冷冷地说某老师穿裙子装年轻真是有够丑的口吻，就跟卡通里永泽说藤木就是个卑鄙的人一模一样。

不满老师被他当众羞辱，我们开始以各种手段霸凌他。孩子的恶意非常纯粹惊人，连心机都不耍，排挤、孤立样样来。他负责清洁的区域，总有人跟着拖把抹过的潮湿水痕后方踩；体育课分组竞赛，不得不收容他的队伍总是毫不掩饰地怨声四起；音乐课上台表演，唯独他没有获得任何掌声。

放学时，跟刘冠豪分享这些事，他皱着眉头说："也不必这样吧？"却只让我更感受到叛离，心想："你没和他同班，才不懂我的痛苦。"

所以在永泽二号整个人攀在三楼的围墙上，说大家再逼他就要往下跳时，我也只是站在一段距离外冷眼旁观，心里还闪过一丝"真跳下去可就精彩了"这种根本地狱直达车对号车票的想法。

直到他办了休学，在导师办公室，永泽二号的妈妈来带他回家，我去送作业时正好看到，仿佛那一刻才意识到他也是个有妈妈的人啊，是别人家里的孩子啊，油然感到自责，觉得我才是那个自以为得理不饶人、把每个字都磨尖了说出口的永泽吧？

最后一次见到永泽二号，是升上二年级后，放学路上发现正重读一年级的他又发作了。大家慌成一团，只有已经不是他最好朋友的我马上跑去随便抓一个老师过来处理，还傻傻提议要赶快拿支笔让他咬，还好是个有正确观念的老师，并没有照做，只是扶住他的头，等事情过去，带他回保健室休息。

湖南虫

著有《小朋友》《一起移动》等。

记忆的暗室

凌性杰 / 文

1

曾经以为，亲手关上那扇门，无可取代的成长记忆就能暂时存放在里面了。只是后来发现，某些情绪并未密锁在其中，反而在最不经意的时刻扰动着自己。某个在大学任教的朋友告诉我，年纪到了四十或许要懂得务实一点，适时清理杂物及往事。不堪留的书、不值得继续的故事，任凭随风飘散也不可惜。尤其确定独身度日之后，只需思考怎样才能最好地面对一个人的往后。人情往来酬酢，连敷衍都可以不必了。让人生显得笨重的种种物事，最好断舍离。倒是各式单据、房地契与房屋出租合约，需要妥善审视保管。理财有道的她，毅然亲手焚毁日记书信，不让这些历史文件有机会成为未来人生的魅影。

对于这么果决睿智的判断，我很佩服，可是完全没能力效法。我所堆积的事物，其实就是自己的情感记忆。要自我消灭，是何其困难。

二〇一二年中秋节回高雄老家团聚，我妈要我把四楼透天厝的对象清空，说是闲置着颇为可惜，打算整栋出租。其租金之低廉，远非我的常识所能判断。大弟很了解我，说我一定不肯的。我多么不愿意，自己的房间被陌生人的气味占据。但事情已成定局，只能接受现实，另寻方法解决燃眉之急。某些信件与相片考虑销毁，两千本书籍可能要搬回三合院旧宅堆放。但我实在是不想再搬动了。无奈那些充满故事的物品，俨然成为它们主人的主人，令我四顾茫然连叹气的力量都没有。那时真无法论断这些东西究竟是资产还是负累，只能告诉自己别想太多。当晚迅速收拾重要文件，装箱寄到现居地。其余对象，只好慢慢处理。

整理东西的时候，回忆一阵阵涌现。我原来爱过那么多人，也伤害过那么多人。从高中、大学到硕士班，我纵情恣意地浪掷青春，以身体为道场试图证明什么，激烈狂暴地爱着。曾几度拒绝他人的爱，也是那么理直气壮，甚至有些残忍。看着相片中从前的自己，桀骜又尖锐，对这个世界充满敌意，于是很欢喜有机会来到这当下。这当下，岁月催人，确有一番萧飒。然而这样很好，是可以看花开月好也可以看花凋月残的年纪了。不再轻言爱恨，试着把情绪放掉，方才知道走一步算一步原来是这样。终于跟母亲协议好，保留一间房间不租，暂存我的书籍与杂物。但即便东西可以锁在里头，我也无法任意进出那原本属于我的房间了。

2

的确怀疑过，是我的，不是我的，真有那么大的差别吗？无法任意提取的记忆，算不算可惜？

仓皇之际，将几本相簿和一些书信收进随身行李，告别暂时封闭起来的房间。在此之前，我妈已经预先清理老家三合院的边间，作为我回高雄的容身之处。她说这样一家人在一起比较热闹。可是，不喜欢热闹的我，嗜好是躲在房间看书。四楼透天厝原是我避世的好地方，长假整日无事可以睡到自然醒，心情烦闷时就去观音山乱晃，或去附近的小学跑步。那里比较扰人的，只有清晨的麻雀唧啾以及邻居深夜方城大战的吵嚷。

刻意把一本十七岁那年写的日记留置于锁起来的房间，或许是觉得里头文字太激昂高亢了。若不是为了点检安置物品，选择该舍该留，其实早忘了有那本日记。深藏在木柜里的日记，大抵都是不欲人知的，自己可能也不愿意时常想起。匆促之间瞥见，高中岁月跃然纸上，只是日记中的许多人名代码连当事人都无可破解。赫然发现其中有两页以红笔书写，人事时地物俱全，大约是一篇周记的字数。二十多年来早就忘却的事件重现眼前，疮疤被揭开了，顿时血流如注。心情很是复杂，有点后悔当时留下日记，冲击当下人生。也有点感叹，好想安慰那个十七岁的自己，告诉他不用那么在意，不要为不值得的人愤怒生气。似乎还有点莞尔，想跟十七岁的自己开个小玩笑，教书之后用红笔写字的机会多的是。

记忆的引信被点燃，脑袋轰然作响。那状态真像《千与千寻》里的对白："曾经发生的事不可能忘记，只是暂时想不起来而已。"原以为可以记得很久的事，其实早就忘记了。说忘记也不是真的忘记，那些人与事或许潜藏在某个遗失钥匙的暗室，一旦钥匙出现，回忆之门就被打开了。

3

那起几百字就能交代的事件很简单，可是红笔书写出来的情绪很复杂。

校内一位中年男老师约我午休时间谈话，地点不在教师办公室，而是在第六栋楼前的黄槐树下。我很喜欢第六栋楼的设计，白色四层楼的建筑主体，教室两侧都有走廊，西向有整排黄槐。黄槐分布于热带与亚热带，是台湾常见的庭园植栽，也常用做绿荫树或行道树。这种树花期甚长，枝头缀着鲜黄色的花朵、扁平的荚果，浓密的树叶又能提供庇荫让人乘凉休憩。高二的我得过几个文学奖，又一直编校刊，虽然功课没有很好，但还是受到很多老师的照顾。

那天把我找去谈话的男老师，平时跟我几乎没有交集，我也不清楚为什么他会单独找我。我的日记告诉我，就在黄槐树影下，他痛斥一个十七岁的男孩缺乏人文素养与哲学训练，乃至读书不精，比不上他指导的任何一个学生，并且声色俱厉地告诫："你不要再写那些风、花、雪、月、的、东、西、了——没，有，前，途。"我曾在校刊上发表的作品，一一被拿出来检讨。尤其无法忍受的是，他顺带批判了我心中的偶像作家。我曾为自己崇拜的作家撰写了一系列校刊专题，拥有广大读者的文坛偶像不吝来信鼓励，安慰一个彷徨的少年。得文学奖参加颁奖典礼的时候，还跟作家一起照相留念，羡煞不少同学。我猜，那位老师应该完全不理解青少年心理，不知道批评青少年认同崇拜的对象是个大忌。谈话最后，他不忘指导我的人生："你的才气不如某某某，不要再写作了。"

如今仔细思索，他应该是那种常常感到怀才不遇的中年男性吧。我深觉骄傲的是，当年十七岁的男孩不出恶言，默然伫立领受教诲，尽管心潮汹涌但依然神色镇定，还说了谢谢老师。

我知道，总有一天，我会变得更强大，会有能力庇护别人。

4

我约略可以揣想，十七岁写那篇日记的心情，或许义愤不平，但是心中绝无仇怨与恨意。文字之中也没有想要报复的意思，只有小人才喜欢把报复挂在嘴上的不是吗？二十多年来没对任何人提起过这件事，且在记忆的暗室尘封已久，事件的强度早就无足挂齿了。

高中时叶老师常说我长于妇人之手（单亲妈妈养大的），临事看似温和淡定，其实心里早有主见。雄辩滔滔的孟子、志气自若的欧阳修，不也都是长于妇人之手？面对不喜欢的处境，我总是选择逃避闪躲。不正面迎击，不多耗费力气，可能还为自己储备了发展兴趣的余裕。以威势施加于我的，也始终无法让我屈服。面对我这么别扭的儿子，我妈最睿智的地方就是不太管我，从来都很识相地回避我不想碰触的话题。真正惹到我的时候，我的才华是冷战与漠视，目中无人，对一切置之不理。

其实，妈妈是听了我的意见才买下那幢四楼透天厝的，置产是当家做主的第一步，是人生安稳的重要凭靠。她退休以后靠着收租度日，每天出门做义工，现实与理想于是兼得了，我应该要为她高兴才是。她一直要我少乱花钱，然而我还是受累于恁多长物，终至逃无可逃，也是自作自受。

所谓人生，好像也就是把某些东西从这里搬到那里，或是从那里搬到这里而已。搬来搬去，总会多一些什么或少一些什么，不用太在意。偶尔窝在三合院边间，斜欹枕上，半梦半醒之间，犹不免恍惚疑惑，这就是我自小生长的地方吗？床头架上的那些书，真的都是我写的吗？

我所遗忘的，我所记得的，不也都各安其位了吗？

凌性杰

曾获台湾文学奖，著有《男孩路》《更好的生活》等。

写诗的房子

廖伟棠 / 文

午间读书睡着，有那么一闪忽梦见了旧居的前院。那是我度过整个童年直至十二岁离开故乡的家，修罗未知身为修罗之前无以名状的清白世界。梦中我惊觉此十步宽、三十步长的前院之大，虽然只有蔷薇一树、废井一口、曾经养猪后来存放农具的瓦屋半间，但又像沧浪淼淼，隐隐倒映着骑楼底下艳色浮塑的春鸟图，乃至白日里依旧无情运转的星空。

这间二层砖房，建于我五岁许，有那时我背负初生妹妹的照片为证。蔷薇、井和猪都出现在我八九岁的记忆中，猪养了半年，名叫小白，死于一九八五年我的屠夫舅舅手下。蔷薇的颜色始终是暗红的，沏茶发苦。井封于某个干旱的冬天，只留下一个用白瓷砖片砌成的浴缸纪念井的存在，格格不入地横陈在粤西群山之间那个架空之乡——多年后我在越南大叻末代皇帝保大的行宫里，也看到这么一具纪念碑一样的浴缸，纪念某些雨季。

七年的寂寞，我过早地领略了隐居者自囚的丰盈与萧索。十二岁离开此院远行，回去过许多次，但只有一次夜宿故地。那是旧院和废园最后一次馈赠于我，虽然比不上那七年雨露，我却感到了它们对一个男孩最后的呵护。男孩其实已经二十三岁，已离开第二个故乡迁移到更大的城市中去。谈不上什么打拼失败，轻易辞去了薪金菲薄的工作，谈不上什么失恋，喜欢的女孩突然嫁了人而已。我带着一本塔可夫斯基《雕刻时光》回到童年的乡村里。

一连数天，我在废园里读书、写诗，如果下雨就把椅子移到前院的骑楼底下，彼处似乎有什么灰色巨兽在动荡不已。十首十四行诗，题为《乡间来信》，写给旧爱，其实从未寄出。"这个园子……它的呼吸在泥土里/散开，在树干中变成泉水。"从里尔克或者冯至的神秘主义开始，一直写到第五首"我仿佛不曾离开，也不曾与任何人认识。/二十多年，蛰居在这地图上找不到的角落，/淹没在乡村小池塘的绿藻下。世界不知道/我的故事，我也不知道世界的消息。"博尔赫斯的幽灵出来引导我，去想象另一个我的命运。

这些诗就短暂地变成了一个真正的乡村诗人写的信，他的身份与我的身份抵销着混合着，渐渐地我俩都沉默了，旧居自己开口说话。"有风从村庄的东边升起，一阵阵吹来，/然后满园的叶子都响动。/然后下起了雨。雨打落枯草上，我听见/时间在水中折断的声音"——很久以后我才明了，这里面的"我"是这被遗弃的老宅，是它在写诗。

"在回响中，我们言说诗，诗成了我们自己的。回响实现了存在的转移。仿佛诗人的存在成了我们的存在。"我最喜欢的法国哲人巴什拉如是说，而我那时就让旧居的存在变成了我的存在，因为它始终在我身体里回响着，数十年，仿佛午梦一瞬。

廖伟棠

香港作家，现代派诗人，自由撰稿人，
著有《衣锦夜行》《花园的角落，或角落的花园》等。

星期天像火车一样撞来

陈柏青 / 文

星期天像火车一样撞来，那时闹钟没响，日光正好，这才足以让人从床上惊醒。以为又已经迟了，一踩空就往床下跌，积累一整晚的念头纷至沓来全沿着掉落的身体弧线倾：所以说拖迟的进度怎么补回？行事历上注记勾销否？饭局上这话要怎样讲得得体又不失委婉⋯⋯揉着发红的额，眉头随敞开的衣摆缓缓舒展开来，这才想起，喔，是星期日了，小街上把噗声远远渐近，一切太像迢遥的梦。只有这一刻，发现此前六天多真心在付出，也是因为这一刻，这样热烫烫的心，没有谁要接，也没有谁必要接，找不着地方盛，才发现一切都是自作多情，所以星期天清晨，谁都是航天员，很失重，多空，真是不习惯，乃至于有一种莫名的仓皇，起身却像逃，似乎头前有火车大灯正迎面。

因为平日作息太习惯，所以现在反而不习惯。星期天像是多出来的。有点放，有点FUN，想放纵，却终究是星期天了，也不是周末夜有个完整的白日当斡旋可回身，那松开的心便微微地敛起来。不知道该干什么，杵在床前，来回几次踱步，走再远，还是重复周一到周五走到那张写字桌里的步伐，走久了，就有点不甘，很怕自己最后哪里都没去，其实都在放弃。

星期天也有振奋的时候。振奋多容易，觉得自己还有余，得了空，例如一整个完整的星期天，这还不能完事儿嘛？心跳都生猛起来，觉得大有可为。

所以也在星期天的时候，容易万事成空，就是因为时间太多啊，想妥善分配，梳理台擦擦，书柜上挪挪，这里也做一点，那头也配发一些，很多计划，无数个开头，都在拖磨。星期天的时候，有余变成很多剩下。我们活在自己拖延的痕迹里。星期天不是一周的结束，也不是一周的开始，它就是星期天，还不到尾，又开了头，而我自己是自己的零余。

星期天的时候，特别明白绝望的形状。只要随便一家咖啡馆就可以。出发前对于星期天的期待都体现在背包重量上，放进去的东西一加再加，路上弯弯拐拐，每闯进一家，连锁也好，私人自营完全照梦想中摆设乡村风的未来无机质感的也罢，你肩膀一抖以为自己是夜里负笈赶路的书生，这会儿可稍稍卸下重担了，但当眼前烟雾微微散开，空气里的苦，杯盘上盘旋褐色的香，所有人定睛看你，像是完美构图外新添进一笔，但也仅仅是那样一瞬，空气里被你撞出的凹陷又恢复原状，他们的眼很快被对座彼此占满，你发现，一切事情都没有细缝，大家都配好了，一只杯子配一个碟子，一只椅子一张屁股，叮叮当当，银匙敲碗，啊，又一间咖啡馆满座。那时真绝望。绝望得甚至让你生气起来，因为，着实没有可以生气的对象啊。大家都安分守己，都好好在自己的位置上，不早来不晚到不占位，连彼此手脚都靠得紧紧的，很谨慎的自得。找不到人可以怪，没有谁错了。可没有谁错，为何就是你没有位子？绝望最完美的形状就是星期天一间满座了咖啡馆的形状，很轻，很完整，你叹一口气，又一口气，门上铃铛叮咚一声一再在星期日最好的时候响起。

总是那一刻，我无比清楚地明白，我这一生不会被任何人所爱。也不是不幸，也不是幸运，世界就是这模样，没有位子了。他们都配好了。我是多出来的。

但就是有那么一点不死心啊。总希望有一家能刚刚好容纳我的咖啡馆，他要像星期天那么大度。但一切终究只是像星期天那样，也就只是这样过去了。

过了越来越多星期天，睡起来的时间越晚，梦里越记不得，对好日子的描述，最多也就只能像是星期天，没有其他一天更像了，但也就只是像而已。

终究，星期天结束了。什么事情都没做，总是到上床时忽然生出小小的懊悔。星期天的时候我们多像少年。少年也是一个星期天。就是那时候，肌肉紧实，眼神警醒，大把时间，觉得什么都可以做，所以也就什么都不想做，太多选择，没有选择，我们经历过太多少年的星期天，也曾经是星期天的少年，最后都是自己瘫痪了自己。

星期天的存在是合理的。做什么都合理，不做什么，也是合理的。所有的浪费，听起来都合理。我们都在星期天的时候感到懊悔，想改正。但最后到来的，只有下一个星期天。

我在浪费我自己。你在浪费我，有时是刻意。有时只是自然而然。

明确知道自己拥有星期天后，我们终究失去了星期天。

你则永远失去我。

一切像火车一样撞来，也终究像火车一样驶去。

陈柏青

获九歌两百万文学奖荣誉奖等，著有《Mr. Adult 大人先生》《小城市》。

成长是一场冒险，勇敢的人先上路 2

～ 第二章

那些年在黑暗里跟跄前行、一股劲往前冲的你，最终一步一步地成长为现如今冷暖自知的模样。当你一个人在茫茫无际的夜晚踟蹰时，愿你能想起的，不再是孤单和路长，而是波澜壮阔的海、心头炽热的爱和天空中耀眼的星光。

• • •

化作春泥更护花

骆以军 / 文

我想每一时代或都经历过这些吧，怀才不遇或遇到伯乐的故事；或所谓伯乐其实是在你的年纪看不懂全景时，买你的未来文学生命的故事；被打压的故事；被灭掉的故事；被莫名其妙八卦抹黑的故事。它不是特殊的景象，所有演化的染色体故事，都有灭掉另一个或许多个他者的设计，一路存己灭异，最后才会有现在的我们。我听过不同的前辈说起他们年轻时，被"老头子"压住的许多往事，所以后来他们对年轻人好像要"反"，要批判，竟进入到"文明将灭"的程序话语，非常惊讶。这样的故事，发生在五年级这一辈身上，变成一种翻搅，蜷缩的"无人知晓的秘密"。

五年级这一代的文学身份，恰是在整批二十多岁时，两大报的文学奖、联合文学新人奖所赠予。那恰是"解严"后，媒体大爆炸，出版黄金年代的十年。你以为那就是像NBA选秀的秩序或逻辑。事实上从黄锦树、董启章、袁哲生、黄国峻、邱妙津、赖香吟，到我，后面都有一个得奖的故事，之后出版的故事。它真的有点像现在的《中国好声音》，导师（评审）挟带不同的文学意识，在争辩后让你脱颖而出。同时代年轻作家之间，是选手和选手的关系。球队老板、教练、球评、前辈选手，每个都是你可能的提拔者或封印者。一序之恩，一赞评之恩，一出书之恩，一发表之恩，每个环节都是你能不能出人头地的恩人。这应该是个温暖的故事，赫拉巴尔式的故事，文学透过这样的管线，论辩，一种复式的关系网络，一个纷杂多样、借着文学出版蓬勃的年代，像撒在当时文学各场域的五颜六色的种子。它有一个稳定的从三十到四十，让小说创作者可能可以由一部一部作品的书写，穿过那个成熟期的走廊。五年级在这个时期，许多碰到自嘲是"打工弟""打工妹"。因为主要的几个文学媒体在最初扩张那几年后开始凝固，形成稳定的机构。它是一个充满对未来不同品种文学创造的美丽年代。也就是在那同时，畅销书排行榜的概念，诚品、金石堂成为大连锁书店的年代，以及翻译书形成的畅销浪潮，成为一种出版社判定"这才是真活"的年代。纯文学慢慢确定它是不畅销书。

　　某些时候你总要这样问自己：如果卡夫卡在这样的处境会怎么样？波拉尼奥在这样的处境他会停下来吗？为什么从二十多岁至今，生命给了你二十多年当实验的画布，你没成为那时那么激切、憧憬的陀思妥耶夫斯基？博尔赫斯？或马尔克斯？昆德拉？

　　天赋不够？（曾经你在起跑线时，一片空白，但像从河流里走出来的年轻野马，觉得眼前整片旷原，可以任你拔蹄狂奔）；命运多舛？你想起那真正悲惨的沈从文、张爱玲、布鲁诺·舒尔茨、本雅明；或是，或是，因为恰好生在这个贫薄小地？仔细定神自己都会羞惭地笑：不是吧，想想那些拉美天才群，哪个不是在书写的花样年华，比你的年代，烂，惨，黑暗，暴力，绝望，荒芜一千倍？是什么东西在耗费，折损着，原本可以展开再展开的文学次元？

　　你在做什么？你所做的这件事，距离最年轻时，除了美的极限光焰，人性的大教堂拱顶和花瓣般的折凹，历史的一列列火车对撞的叹息，现在所在的这个世界……为什么有些东西，像二手车的车速表它就飙不上去了？或是一个说不出的潦草或棱角模糊？当那些掐花扭结、藤蔓巴洛克编织在一起时，为什么细细碎碎的残影，应当在那些难以言喻，无人知晓的时刻，暗黑镶金，让人痴狂迷醉，是什么东西像黑鬼鬼散在各个转角，从较低次元伸进来的手，拆卸了要远距星际飞行所需的引擎，改了设计图？捏死了手中翅翼勃跳的小鸟？为什么后来会在这飞行准备区里，一个个灰蒙蒙的人影，困在一种脏脏的恶意，遗憾，伤害后的疲倦，奇怪的惩罚，羞辱？

我曾经，不止一次，在生命中的某些时刻，内心会这样想：

"啊这样的景象，若你们也在，也看看，真不知是怎样一个看法？"

哲生，国峻，或邱妙津。

五年级的作家，极难得碰在一起时，难免会说起那几个葬礼。当然现在我都快五十岁了。那好像是上一程公路电影，那以为从照后镜还可以看见的，很远很远的风景了。

二十六岁，三十二，或三十八，似乎不很久以前。想要说"原来活着，后来是这样"。当然是对手，很想知道，那会是怎么样，在如果他们此刻还活着，用什么样的小说，压缩，或旋转，或加入曝光的效果，荒谬，滑稽，或是童话故事的方式。或许我替你们活着？会有这样煽情的时刻。但其实谁可以替另一个人揉搓，呼吸，眼球和视网膜记下那繁华烟火？

比起邱，我多活了二十二年了；国峻，十六年；哲生，十年。我很努力，若遇到那被时间冻结的你们，不会羞愧自己比起年轻时的自己，下坠了，腐朽了，灵魂的感受纤维化固化了。我交出的作品，可能也就是最初写《降生十二星座》的我，在这后来的时间流逝里，天赋耗尽，所能交出的极限了。重来一次，我或也无法做得更好。我没有虚无，没有剥削年轻人，没有失去柔和的瓣膜，在养家带孩子的艰难的那几年，我都还是像深海底下的盔甲武士，一次一次发动搏击，认真一步一步写小说这件事。付出的代价，就是这些年各种病痛的攻击。忧郁症，小中风，大肠手术，胃溃疡，失眠吃安眠药后遗症的夜晚梦游暴食，我比那时又胖了许多了。我的腰椎，肩背，像二手车的结构坏损，已长期在复健科拉腰电疗好多年了。我无法戒烟，每天三包烟。我觉得我不会很长寿，但希望能撑到小孩都能独立，或那之前能再有个两本不赖的长篇，那就太好了。

　　五十岁了，百感交集又难以言喻，如果十年前，这同样的题目，好像是受惊的青年，还在不很久以前，对着极限的光焰，颠倒迷离，但其实活在这个时代这件事，所有的感官打开了，很多时候，恩义，启蒙，和一种说不出的伤害，混搅在一起，像琥珀的稠胶。有一段时光，我会在夜里被几个大哥叫出去喝酒，在那些酒馆看见各式各样的人生百态，眼花缭乱于他们像特技传球的胡闹，调笑，嬉耍，哄逗女子笑得花枝乱颤，或时不时冒出无法预料的阴郁，黑暗，暴力。那时我若深带感情记下每一细节，他们正是像波拉尼奥《荒野侦探》里，那群"内在写实主义"的墨西哥疯子年轻诗人。那里头充满了像豆子乱蹦，朝四面八方自由蹿长的语言的活力。明亮和暗影。一种道具箱里有足够不同类型之戏服可供挑选换穿的年代。有时我会在那酒桌上，巧遇同辈的女孩儿，交换一下不言而喻的眼神。似乎我们在这仲夏夜之梦里，扮演着不同的伴舞小厮或布景美人的角色。我在这其中学会了各种人情世故的繁复体会，他们比起我这代，更有一种传递知识的热情。譬如我回想我和同辈的聚会，多是在咖啡屋，或到了晚上咖啡屋顺便变身成酒吧。多是哀该自己的倒霉，或说自己的风流情史，或最近看了什么电影，或自己要写的一个长篇陷入什么困境。"我自己"。因为好像都走这条路而成了穷鬼，没有一种怒意涨勃的权力张力。少了某种上下纵深，调戏或摆谱，谁谁谁干了哪些坏事的阴或阳之分析模型，因此语言的各种表情也少了那种变脸的灵活性。随着长辈老去，这有时时光中的情意恩怨，又放入另一象限，成了《儒林外史》，或索尔·贝娄的《洪堡的礼物》。我们有没有经历了台北最繁华，羽翼撑张，有情有义，迷离，自厌，说谎，疯狂的一段时光？五年级，或如我，在那过程，当时太年轻而缺乏解读的丰富绒毛，有时会形成"卡到"的内伤，于是暗自立誓，绝不对下一代创作者有这种"阴阳、颠倒、恩义但可能又成为对方创作发展之我的意志"，于是在五年级和他们的下一代，便切断了这种世代的黏稠蛛丝。很像一种村上春树的疏离空气。一种液态的世代联结，权力交涉，老友，老情人，老门徒，老仇人的纠葛，或从这代以下，就净空了。这是好或坏，也超过了我作为单一个体的思辨。大出版的盛世，大约到现在的智能手机作为阅读主要媒介，应已终结了。说来五年级的共同梦魇或是"大哥大姐太任性"，但任性的反面，或是他们从三十、四十到五十，如今快六十，恰在一个社会富裕、鼓舞各种冒险实验的扩张时代（我后来在大陆，遇到的一些二十多岁的文化人，也有这样的自信），可以在生命的每一阶段，体会各种关系的展开。我们后来会说"让子弹飞一会吧"，其实作为这个书本繁花年代的参与者，享受者，到哀叹者，我们或已目击了一整个三十年子弹射出，飞翔，到下坠的全景。我有次遇见以前的老师，发现他还青春焕发，充满梦想，想拗我帮他再弄个什么好玩的。我说："我是你的老学生，我五十岁啦，陪不动你玩啦。"

因此，关于我们这个时代的文学之途（也匆匆近三十年了），活着的时光，得到几条类似科幻小说《机器人三大法则》，或像刘慈欣《三体》里的"黑暗森林理论"，那样的"物理公式"体会：

1. 在这个岛屿，这个年代，做这件事，它是注定贫穷的。

2. 它很怪，它这么贫穷，创造的产值如此之低，却又有一长期积累的，对认真做好之人的尊敬。于是它反而比我们欣羡，想象的那些大市场的国度（譬如美、日），拥有更大的在小说可能性的创造自由。我从我的前辈，同辈，到下一辈，最聪明的脑额叶在记忆，眼球发着光，谈的那些大小说家，似乎我们的基因图谱，跨度可以大到整个二十世纪，欧美、拉美，俄罗斯、日本、印度、中国……那么庞大的实验计划；持续在创作出来的，不只是某部小说，而是这颗飞行器投射出去，它可以拉高多少星际视角尺度。可以照亮怎样范域的星空，而让更多原本观察不到的天体，在新的小说天文望远镜下被观察到。

3. 它成为一种赠予，你得到那样的赠予，形成比其他物种，基因段更复杂，快闪跳跃的语言构成材料。或是破掉的豆荚，将差异极大的物种时光，混植在一起。曾经赠予过他的《追忆似水年华》《恶之花》《陶庵梦忆》的创作者，其实他的小说身体，破碎混搅在这后来的生态里。一些明亮的花火，一些回旋飞行的方式，一些梦里寻梦的憾恨、哀逝，他吞食过又吐哺出的世界的变形记，这些都存在着，比创作出它们，或正要创作它们的主人，与创作无关的世代资源尖锐对峙，其实要更柔慈地混淌在一块。

4. 听起来很像肥料，但是的，曾经战栗记下的那神秘时刻，曾经欲仙欲死在字句海洋中奋力泅泳，曾经甲胄在身持载前行对抗那疯狂和恐怖，然后呢，因为这是个小地方，你在创造的时候就得到本来这样条件的环境，不会拥有的飙高之激爽，神秘的至福。它不会有像陀思妥耶夫斯基、福克纳他们和出版商搏斗，胡乱花钱，但又暴怒挣跳地过了大作家的一生。也不会有卡夫卡、张爱玲、塞林格这些，神秘孤寂，死后作品却仍无止境扩散的神话。过了一道你理解全景的换日线，内心自然会出现一个神秘的嗡嗡共振之声，你会对自己说，化作春泥更护花。

骆以军

小说家，著有《女儿》《小儿子》等。

岁次乙未，初冬小雪

黄锦树 /文

　　初冬，节气在小雪之前的十一月中旬，我给昔年台大中文系的老师林丽真先生寄了本甫出版的随笔集《火笑了》。附了短笺，说明赠书缘由——将近三十年前，修习林老师的大一中文课时，曾写了篇作文《我要逃课》，像一篇行动宣言，我真的逃课去了。年岁渐长，我自己也当了多年中文系的老师后，心里不免有愧，赠书是为了致歉，感念林老师当年的宽容，《火笑了》也许比我写过的任何书都适合这样的目的。几天后，收到林老师的简短复函，客气地问，哪天她南下日月潭，是不是约个时间喝茶。在我写着一样简短的回函时，突然就接获周凤五老师过世的消息。

　　当年，林老师的课其实上得很认真。一九八六年底，机械系的朋友（同年进入台大的高中同班同学）通报说，他们的大一中文老师口才一流，班上那些对古文一点都不感兴趣的同学，都听得津津有味。我去旁听了一回之后，就决定逃课去旁听了。和所有"非好学生"类似，上课的具体内容都不记得了，只记得一些课余零碎的边角。周老师其实早就在实施当下流行的"翻转教学"了——他常让那些念工科的大孩子上台凭各自准备的材料讲解选文的注释，做白话翻译，并尝试讲解，他在一旁随时评议修正；若干戏剧场面，更要求一组组学生轮流上台表演，让他们进到那古代的情境里。他是导演，且负责旁白，而又擅长以幽默风趣的口吻不慌不忙地讲着远古时代的故事，因此学生脸上常带笑容，课堂时闻笑声。

他总是发黑如墨、西装笔挺的提前到课堂，到同学的座位旁闲聊一会儿，关心一下学生的学习和生活，等钟响了，人差不多到齐了，再走到讲台前，翻开书，清一清喉咙，正式上课。

我因高中后期大量阅读李敖的著作，累积了不少困惑，大学时逮到机会就拿来问老师（连军训课的教官都不放过），有一次甚至带了本购自旧书摊、封面有洋裸女的《千秋评论》的"王国维之死"专号。周老师对这问题发表了简短的看法（具体内容我也不记得了，应是认同殉清——畏惧北伐说），但强调李所作所为"不足为训"。我记得他还谈到一个私人的细节，说台大男十一舍〇〇室在口口年（数字我忘了）有一个后来很有名的人搬走，他随即搬了进去。那个名人就是李敖。说完后，他笑笑补充说，李敖很聪明，"智商和我差不多。"（多年以后，吕正惠教授侧面印证了他的自我评估，吕说周和龚是他见过的台湾中文系两个最聪明的人。）

那时我且白目地问了周老师的专长领域，他严肃地逐一曲着沾了粉笔灰的手指数给我听他开过的课，古典领域，从《尚书》《楚辞》一直往下数，手指似乎勉强够用。那时我且不知他书、画俱佳。

我高中时是理科生，统考成绩最好的科目也都是理科，依正常顺序应是念理工，但我可以预料那会是怎样的人生，因此进大学时就避开工而拐进农。念了几个月，发现那不是我要的，也许受胡乱读到的杂书影响，对台大的文科也没多少好感。彷徨着人生不知要往何处走的我，次年转入中文系——那其实是个没有选择的选择——和那大半年的旁听脱离不了干系。

转入后发现，少壮派老师如柯庆明、林丽真、叶国良、何寄澎、方瑜诸先生都是周老师前后期的同学。但中文系是个冰凉的水潭，我很快就领略到了；

完全没有古典教养背景的我，必修课很少是有兴趣的，也很快知道那条路我走不了，况且我有自己的当代要响应（其时只是朦胧地感觉到），但转系后就没有退路了。

大三时旁听周老师的文字学课（大二已修过龙宇纯老师的，他退休后换人接手），可能是周老师第一次开那系上必修大课，予人一种全力以赴的庄重感，我的收获也最多，影响一直到硕士论文（详见我硕论的序，《读中文系的人》，收入《火笑了》）。又一年，选修敦煌学，读了好些篇敦煌俗文学（《燕子赋》之类的俗赋），收获不大。那年他借调中正，创中文所，我被怂恿去报考，还好没考上。

敦煌学课的某次休息时间，我看到他靠着走廊的窗，对着中庭枝繁叶茂的老树和初夏的风，轻轻哼唱一支彼时流行的歌《随风而逝》，唱得相当投入。回应我好奇的目光，他淡淡地提及，一位女性朋友（同学或学妹？）罹癌早逝。听话中意思，似乎不是一般朋友。那时，我突然问他"老师今年几岁"，"四十二"，他说。他过世后，从讣闻中得知他一九四七年生，大我足足二十岁。那年就是一九八九了，我二十二岁。正默默思考马华文学的困境，学习写小说，写了稚嫩而绝望的《大卷宗》，非常苦闷。

那之后许多年一直没联络。我曾在别的文章写过，一直到一九九六年寒假，我结婚请客时给他寄了喜帖，他有回函但没出席。暑假时，知悉新成立的暨大中文系在聘人，我寄了履历过去，身为创系主任的周老师即直接叫我到埔里上班。彼时仍处于工地状态的暨大，只有林启屏、高大威及和我同时以讲师聘入的巫雪如寥寥数位老师。同事后才知道巫是周老师高足、多年的助理和秘书，深得其语言文字之学真传；林也是他的学生，都修过他研究所的高级课程。在台北，也经常和他的一干弟子门生聚餐喝酒，他们都昵称他为"周公"。但我们相处只有一年，一九九七年暑假，他就回台大去了。复杂的人事纷争，尔虞我诈，机关算尽，学生也分裂成两派，搞得大家心身俱疲，很不愉快。之后多年没有往来，一直到去年（二〇一四）八月，偶然看到他的名字出现在脸书留言按赞，方重新以私讯联系上。周老师客气地约我，如有到台中一起吃个饭，说他和埔里的民间友人还有联络的。不知不觉，十五年过去了。其后一年，偶尔从脸书看到他含饴弄孙的温馨画面，白了头，老多了。但我自己也老多了。

然后便是葬礼，告别式。

十二月四日，节气临近大雪，系上进行着博硕班的入学甄试，恰好没给我安排工作，故我一早搭车北上。台北比埔里冷多了，还飘着小雨，大风起时身体会不自禁地颤抖。白色花圈布置起来的灵堂空间不大，里外塞满了黑衣人，但我认得的并不多，一些以为会出席的人也没见着。会场内外人虽不少，犹不免有冷清之感。寒风里，灵堂外，只见巫雪如悲不能抑地独自披发号啕大哭，一袭黑袍如丧服。

会场内，大小屏幕同时播出周老师的生活照，倒数着他的人生，那是我未曾见过的。年轻时五官比较放松，也许二十几岁就结了婚，俊朗的青年和美丽的妻子；结婚照里有挂着等身高拐杖的白胡子张大千，喜滋滋地给新人祝福。似乎很快就当了父亲，拥着稚龄孩子时犹一脸青稚。告别式上发送的《周故教授凤五先生事略》里记述，周先生一九七〇年毕业于台大中文系，取得中文所博士学位及文学博士时甫三十一岁，八年间修得硕博士两学位，相当迅捷；四十岁时升教授（以他的才能，似乎不需那么长的时间。大学时曾听过他很节制地吐露一点风声，当我向他抱怨某君的某门必修课竟然只讲朱熹的注而不谈文章大义，让学生自己去瞎子摸象时——某君的名字颇引起他的情绪反应），杰出研究奖、讲座教授之类的肯定，更是暮年的事了。以学人而兼才子遭遇尚且如此，多少也反映了中文系这江湖的生态吧。隐约听说他树敌无数，亦不知何故也。

古典学厚积薄发，需要长时间的累积。周老师的师长郑骞先生中年时曾有一篇有趣的文章《四十之年》（《永嘉室杂文》，pp37-41）写年届四十的感慨，列举古往今来有的人四十以后才写出重要著作，或建立事功；有的人的生命"简直是以六十为开始"。文中且评估自己的家族遗传、长辈年寿，自期"能活满易卦之数，已经甚为满足"。六十二岁时，又补记曰"写这篇文章时我只有三十九岁，不知不觉，竟又混过二十三个年头，离文中所说'易卦之数'只有两年了。现在我可不觉得这个数目'甚为满足'"；过世前两年又补记曰："不知不觉又混过了二十二年，今年已八十有四，……眼前一些勉强可以算作'成绩'的工作，都是七十岁以后才完成的。……"郑先生的重要学术专著，多成于七十之后。周先生虽活过了易卦之数，但很多重要的工作可能都没来得及完成，还需要更多时间。

我算不上周老师的弟子，关注的领域相差太远。他在埔里时，也常在一旁看他即席挥墨，即兴写字画鱼虾螃蟹，但那方面我没天赋，没能学到什么。但我对文字考释的方法论问题颇感兴趣，曾问过他出土文字的辨识依据，他只说那如同"猜谜"。偷偷翻阅过若干相关论文后，确有那样的感觉。我对古文字的兴趣一直持续着，但那是诗学、理趣上的，而非古文字学的。可以说仅仅是从窗外走过——门外汉的立场，但古文字成了我小说写作的养分。

周老师故后，我曾写信给友人，云：倘非先生，以我的个性和人际关系，以台湾中文学界的生态，我可能会一直找不到一份稳定的工作——更别说是搭上"老贼"（旧制，不必经过助理教授那一关）的末班车。如果是那样，多半还是会回马来西亚去吧。

当年聘我到暨大，他告诉我，理由之一是我应该可以教写作。他把暨大中文系本科的大一中文规划为小班制的"阅读与写作指导"，我是最早的任课老师之一。应聘之前一年的一九九五，我以《鱼骸》得时报文学奖小说首奖，寄履历时多半是附进去了，伴随硕士毕业后发表在《中外文学》的几篇论文，及以章太炎为议题核心的硕士论文。反讽的是，《鱼骸》既是对自身华人的文化处境的思考，也是对台大中文系本身绝望封闭气氛的直接响应。那对古文字的阴郁想象，多少也渊源于当年的文字学课，以及台大文学院荒凉衰败的绝望感（近年大翻修过了，还装了铁窗和冷气）。我的硕论原是对中文系的告别，但迄今犹告别不了，甚至得赖以谋生。

有一回他认真地对我说，能写作是好的，"那是自我实现"。

二十世纪九十年代初，我台大毕业后，另一位因我的写作而对我释出善意的台大中文系老师是吴宏一教授。

算一算，周老师当年借调暨大创中文系所时，也差不多是我现在的年岁。二〇一五年的日子在倒数，这个月的日历翻过去，我在埔里也就进入第二十个年头了。二十年，正是我和先生之间年岁的差距。先生享寿六十九，淋巴癌；逝于一九九七年的我的父亲，也是淋巴癌，享寿六十六。那也是我对自己年寿的推估的"天花板"。人生逆旅，总有到尽头的时候。借郑骞先生四十岁时之言，"能活满易卦之数，已经甚为满足"。昔日，爱读周作人散文的周师，也爱引其"寿则多辱"的感慨（典出《庄子》）。而该做、想做的事，"要赶快做"。这是只活到五十六岁的鲁迅的话了。

我真没想到老师辈中最早走的是他。师长辈中，对我人生轨迹影响最大的并无第二人。聊述师生之谊，差堪告慰的是，这十多年来的学术和创作，并无愧于先生当年的赏识和期许。

黄锦树

台湾清华大学中文博士，著有《梦与猪与黎明》《火笑了》等。

我的文学青春史

封德屏 / 文

一九三七年，父亲从广西航校毕业，一九四三年隶属空军第三大队，编入陈纳德将军"中美混合联队"（飞虎小组），担任战斗机修护组长。加油、挂弹、检测、修复……他不是一飞"冲天"的英雄，却是让飞机迅速升空，顺利出击迎战的背后推手。尽管如此，从抗战到几十年后退休，军阶仍止于士官长。

我们家四女一男，生长在士官眷村，物资、经济状况普遍不好。母亲巧手慧心、好强勤奋，靠着副业，为美军大兵洗熨衣服、编织发网、开杂货店……给了我们有别于一般眷村的生活水准。记得小学时，班上男生多打光脚，女生穿尖头塑料鞋，塑料不透气，一到夏天，教室总弥漫着一股脚臭味。而我们家孩子，常年都穿布鞋、皮鞋，还有白袜子更换……母亲爱漂亮，不仅终年装扮得清丽雅致，还用旗袍洋装的剩料，为我们缝制背心、衬衫、洋装。

一九六一年暑假，大姐高一，二姐初一，我升小学三年级。妈妈一向管束严格，课本以外的书都属禁书，村子里只有一家租书店，诱人的显眼，却是禁地。我年纪还小，未被列管监视，姐姐们只能派我上阵。大姐已有被抓前科，我灵机一动用假名字登记，破解妈妈不时到租书店查看借书名单的险隘难关，再把借来的小说，藏在小洋装的蓬蓬裙里，姐姐们连施巧计，调虎离山、声东击西……小说终于成功偷渡，进入我们姊妹的房间。两个姐姐看得着迷，我也没闲着，金杏枝、禹其民，接着琼瑶的《窗外》《六个梦》……跟着姐姐，两个暑假生吞活剥了几十本。我也从当初租书的从犯，蹿升为主犯。

或许太早接触这些言情小说，尽管内容多属虚构，但仍是从大千世界、生活周遭取材，情爱之外，也还有不少社会风貌、人情世故的养分，让我比同龄孩子早慧早熟一些。

妈妈不准我们看小说，她自己却很爱武侠片。那几年于素秋、萧芳芳、陈宝珠当红，妈妈常带我们及邻居一群孩子，走路半小时到镇上看电影。没得电影看时，她就在院子里为大伙孩子们讲故事。也不知她哪来那么多乡野传奇，特别是在夏日黝黑的夜晚，星光阴森惨淡，情节越来越紧绷，声音越说越低，我们几个孩子身躯越缩越小，头越靠越近，交错的"碰、碰、碰"越听越响，那是大伙分不出你的、我的，加速的心跳声……而结局总在一片大惑顿解、惊愕闪退的"吁"声中完美，或骇到高点、胆战心惊的"哇"声中落幕；我们就像后来在看章回连载、连续剧、野台戏那样，一心盼望明日快来，接续今日演出，情深依旧，精彩不断。

那时，我也迷武侠。放学后，借故留校帮老师做事，之后几个同学在教室堆栈桌椅，架设场景；我既是编剧也是导演，指挥同学分饰角色，在教室里飞檐走壁，行侠仗义；我们自得其乐，沉浸在琴棋书剑、铁血柔情的烟波江湖。

母亲古道热肠，爱管闲事。逐渐，我们姊妹，也都各自成为同侪中出名的"鸡婆"。小学五六年级时，我数学特好，水流、植树、鸡兔同笼问题都难不倒我。级任老师有老公、孩子牵绊，我经常当小老师，带着同学做测验，改试卷，还为数学差的同学解题订正。面对一群被放弃的同学，我一遍遍，直讲到他们点头（后来才发现：点头是因为不好意思说不懂）。许是这样，从小到大，被归类好学生的我，总有一些课业上弱势、操行上红字，却重情讲义"大哥级"人物的好友。

小学四年级，我作文比赛得第一，奖品是东方出版社少年丛书世界伟人传记系列之一的《孙中山传》，第二次的奖品是同一系列的《林肯传》。那是我看了一堆租书店小说后，全然不同的"另类读物"。多次作文比赛名列前茅，我和几个各年级代表在午休或课后，开始有老师特别指导作文及阅读。在那之前我不知何为"课外读物"，直到念镇上的初中，才知道租书店以外，还有所谓"书店"，虽然书店以卖文具为主，兼卖《皇冠》《小说创作》等书报杂志，记忆中也没有文学类书籍。

升初中的暑假，大姐的男朋友专程从台北来家里拜访。谢大哥是台大哲学系讲师，走进村子口，就受到婆婆妈妈们阅兵式的待遇，除了上下仔细打量，还紧盯他手里一包方方正正、沉甸甸的东西。第一次到女朋友家，送的不是洋酒、火腿、苹果，而是皇冠出版社出版，作家冯冯的《微曦》，一套四大本百万字的自传小说。

这份礼，爸妈或许有一点失望，我却如获至宝，捧着细读，一遍、两遍……这是除了租书店小说、东方少年丛书外，开启我阅读"文学书"的全新经验。情绪随书中人的悲惨遭遇、奋斗人生回荡起伏，开始知道小说除了爱情贯穿，还可以关照、体悟丰富的生命内涵。我反复阅读，到了陶醉沉迷其中，宛若自己就是书中人，有着同样忧喜交杂的情绪，悲欢离合的际遇。到现在，这套书扉页的文字，还会完整清晰浮现在我脑海："在崎岖坎坷的人生旅途上，我正在艰难地向上爬，我倒下了，又爬起来，我不断地倒下，也不停地重新爬起来……我虔诚地仰望着高峰顶上的那一点点微弱的曦光。"

初中开始，才真正接触到眷村以外的族群文化。全班五十多人，省籍同学占了八成，刚开始就互骂，他们人多，我们也不是省油的灯，以寡敌众，奋力回骂。但毕竟是纯真的孩子，没多久就打成一片了。

"侠女"行径是眷村女生普遍的风格。初二时班上一位同学，便当打开竟然只是稀饭沥干的米粒，配上几片萝卜干。隔天开始，我们村子四五个女生，每人拿出部分便当菜，合成一个丰盛的大便当。当然我们自己也没饿着，妈妈们知道后都用力塞满了便当。村子里陈妈妈负责送便当，十一点半，各家炒菜锅的菜刚装入便当，她的脚踏车已等在巷口，放进车后大竹箩筐，便当专车就出发了，十几分钟，到校时还热乎乎的呢！凑便当菜的事持续了一年多，一直到初中毕业；后来那位同学顺利考上台中师专。

高一暑假，参加台中县举办的"澄清湖文艺营"。六天五夜，我亲近文学，更加地向往。认识了读台中商专的白慈飘，她是散文组第一名，六十、七十年代持续创作；侨光商专的张惠信，小说组第一名，营队结束第二年，他的短篇小说集《断了左触角的蟑螂》出版，颇受注目；和我同年级，台中一中的陈信元，日后成为文学界数十年的好友……始业式，记得王蓝是营主任，刘枋、郭晋秀是副主任，他们是当时南部文坛的要角，我孤陋寡闻，一概不知。在营队中的实时写作也只得佳作而已，之后发表在《中坚青年》上。

营队结束，文学路才起步。辅导员张大哥邀我参观他接下来辅导的营队，跨校校刊的交换，营队学员间的书信往来……我更是忙碌。开学后面对课业，我开始心不在焉。想到暑假中遇到许多精彩的人，那些谈起文学口若悬河的，文采动人意气风发的，不太说话深邃莫测的，诗人气质带点忧郁的……家人、师长、同学，谈的都是如何考上好大学，已不能满足我内心的渴望，对文学、对爱情、对未来的探索追求。尽管高二学期一开始，导师苦口婆心，第一堂课就拿夏烈的《白门再见》告诫我们：年轻时梦幻缥缈的爱情，终会破灭……老师叨叨念念，我的思绪早已飞上云天。

我无法改变什么；痛恨升学考试，讨厌用成绩高低的分班制度，不解男女生交谈要被禁制惩罚。透过参加合唱团、土风舞社，担任学校写作协会代表，来纾解烦躁、不满。高二下，我以女生最高票当选全校模范生，学业总平均却是史上模范生最低的——刚过八十分门槛，而体育、操行，高达九十五分。

　　匮乏的年代，落后的小镇，封闭的校风，外表乖巧、内心叛逆的我。憧憬、梦想，靠着一点点文学的慰藉，我走过斑灿、晦涩的青春。

封德屏

台湾文学发展基金会董事长，
著有散文集《美丽的负荷》《荆棘里的亮光：文讯编辑台的故事》。

海角相思雨

阿盛 / 文

观海，宜独往，忌伙众，伙众则无安静闲适之可能。不得已而必要一伴，应慎选，知心者上佳，素性寡言和善者次之，能暂时忍耐不滑手机者又次之，其余皆莫使知之。万一不察，误结为伴，至则拍照上传脸书且时时查看何人按赞且赖来赖去且戴耳机讲电话且没完没了者，当立即温言劝其离开海边，同去吃海产，精选价昂料理，大嚼之，并用心设计让伊付账。海会一直在的，下次再来就是。准此，已成观光客集散区之地点，避得愈远愈好，最远最好。害怕孤单寂寞的人，至少两事不宜，写作与观海。

北海岸颇宜观海，有路而行人少，有车而不闹吵。必携伞，遮阳挡雨。沿公路漫步，山一边，海一边，人安步在中间。山，万千年正正经经自坐禅，海，千万年四平八稳当蒲团，人，望望海望望山，没事且念一段六祖坛经坐禅品，默诵出声都可以：此门坐禅，元不看心，亦不看净，亦不是不动。若言看心，心原是妄，知心如幻，故无所看也。若言看净，人性本净，由妄念故，盖覆真如，但无妄想，性自清净……念是这么念，心是净不了的，其实只想领取而今现在，且喜无拘无碍。也可以亦行亦吟，吟萨都剌的《满江红》，吟李白的《清平调》，吟吴浊流的《过新埔桥》，数百米前后，空落落，暂时解放，不须计较与安排，自歌自舞自开怀。开心啊，奔离人口密度特级高的区块，把盆地内的腾腾尘雾沸沸人声都抛得一干二净，多好。

想停下来仔细赏海，就任择一片空地，岸上的岩块、岸下的斜坡、临水的礁石、防波的堤顶，都行。侧卧半躺蹲踞平坐，随意。那么，季节气候呢？四季晴雨无论，老天做主的事，人躬身接受，没得争的。

初春，海风如刃，锐利往往赛过冬寒，直刺入骨，此际，不宜静待一处过久，偶尔喝几口黑糖姜汁较好。春浪通常平和，温度较低，尝试赤足迎浪，冰凉自脚趾直达脑门，快速若通电流。大约三月初燕子来到后，海水海风才会收敛冷冽。太阳极少在初春露脸，它也怕春寒吧，所谓春寒料峭，应只适用仲春季春，初春真是不能只以微冷来形容。仲春之后，太阳从云棉被里探出头来的次数稍增，而即使燕子已至，云也总是灰灰薄薄匀匀铺满天，几无一丝空隙，与天一体，轻柔地贴吻着海，两个大平面的交会处同一颜色，小渔船的蓝红白漆因此特别显眼。浪稍大时，船身起伏频繁，往往隐没一半后随即整体浮现半空中，浪较小时，船身总似久久钉住一处，用双手拇指食指框成四方形，对准看上去很像静物油画。然，油画画不出海的颜色光影层次，极写实的也不过是精致一些的写意，这也许可以解释何以中国水墨画鲜少试图刻绘准确的具象，清明上河图使用透视构图技法，是少数的例外之一，但，画中树屋人似乎都没有明确的光影层次感。再但，天工之巧，人力无法夺之，追求百分之百真实做什么？能将万亿立方米的海浓缩于三十号画布中，虽不是真实却是艺术。而，直接面对海也是艺术，生活的艺术，偷闲的艺术。

春夏之交开始，海有了唐诗的艺术美感。农历十二三日至十七八日，月亮肯见客的话，春江花月夜的氛围就会出现，将海想象成江河就行。海上明月共潮生，何处春江无月明，江天一色无纤尘，皎皎空中孤月轮，不知乘月几人归，落月摇情满江树。月下倚石伸足，潮音呵呵哈哈哗哗嘎嘎，思绪随着水波来去，想从前想现在，根本不用想未来，未来总会来，那就恬然等它来。

想从前。从前，有个乡下小孩，爱看月亮星星，老祖太教认星星，怎么样都记不牢，祖太考试了，这是什么星？不知，那是什么星？不知。祖太问：猴团仔，尔认得哪一粒星？小孩指着弦月，祖太急急拨开：莫使得手指镰刀月哦。祖父笑道：阿母迷信啰。隔天，小孩玩戏被另小孩的竹剑割伤耳朵，祖太心疼怒骂祖父：猴团仔，尔自细汉时就不听话，昨日嫌乃娘迷信，看，这是迷信吗？……从前，有个乡下青年，远赴首城读书，毕业就业，赚了钱拼命买东西，渴望填补昔日的缺空，钱不够，想办法取得，于是忙啊忙啊，忙到没闲情常看童少时最爱的月亮了。好女孩说：忙赚钱也要懂休闲，身心平衡较好，到郊外看月亮吧。青年不耐烦道：月亮像肉饼，有什么好看的。女朋友交过一个又一个，一个离开又一个。某日回乡，与母亲论及婚姻事，笑谈女孩的好与肉饼比拟，母亲沉吟久始开口：蛮皮团仔，尔错了，伊才是对的，趁钱有数，好妇难求，浅见，为小失大，读册无非明情理，自己更再想清楚……从前从前……从前从前……

现在，海浪与百千万年前一样时时掷起白花，有些白花顶端垂勾，好似打了个问号。该问问月亮：照过几百代人了，有没有发现，最常抬头凝视你的，儿童老人占多数？而年轻人总是时时低着头想在地上捡到小银币，却惯性忘了抬抬头看看你？……现在，远远近近的问号沉失复浮现，浮现复沉失，月亮依然明亮，依然照着岁月，永远年轻气盛的吴刚一定仍在伐桂，他是在对付永远砍不断的欲望，欲望是有了缺口便会自动弥合的人性枷锁……现在，啊，毛姆，你是对的你是对的，明白了你是对的。

酷暑，若不愿被盆地蒸笼蒸得松松软软，到海滨去就对了，同时放风筝尤佳。海面金光烁烁，船桅忽高忽低，头顶长空水蓝，耳畔涛声厚重，立巨礁上，人拉扯风筝，风筝拉扯人，收得回来就尽力，收不回来放晦气。歇息，坐看苍狗互相追逐，跑步快的翻个滚迅即变形，跑步慢的被赶上扑住，一群玩过，一群接替。临岸偶有汽车经过，不能妨碍望云沉思。沉思复沉思。流年不是暗中偷换，是公然盗劫来了。明明几十年前的日常印象犹然清晰，明明眼珠好似只转了几十百圈而已，一万多个日子就白白被抢走了，儿童就头发白白如菅芒花了。儿童到海边，没那个耐性看海，海有什么可看呢，玩海比较合意些，追着浪跑或是被浪追着跑，午后突降雨，更加兴高，这个唱那个和，雨声吧吧吧吧吧，潮声喝喝喝喝喝，天然的伴奏音。西北雨直直落，白鹭鸶来赶路，翻山岭过溪河，找无巢跌一倒，日头暗怎样好，土地公呀土地婆，做好心，来带路，西北雨，直、直、落；西北雨直直落，鲫仔鱼欲娶某，鲇鲐兄拍锣鼓，媒人婆土虱嫂，日头暗找无路，赶紧来呀火金姑，做好心，来照路，西北雨，直、直、落。潮水直直冲上，潮水直直奔下，矮小的儿童冲上奔下，面向海、背向海，背对海、面对海，反复追逐，水在摇，渔船在摇，菅芒花在摇，大人的手在摇，心海波涛也在摇，咦，哦，海底有宝藏吗有龙宫吗有虾兵蟹将吗有美人鱼吗有孙悟空的金箍棒吗？戏游累了回到家，沉沉睡去，梦中还在找寻海盗丢下的金银珠宝……涨潮了，流水暗中偷溜到脚旁，思念如雨，打湿了回忆的线头，啊，少壮几时兮奈老何，一番归里一番老，记不起从前杯酒。常言，少不看水浒，老不看三国，颇有道理，老来看三国演义，总要再三叹息：彼何人也，予何人也，有为者亦若是，惜乎老矣，虽尚善饭，做不成书中英雄矣。眼前这浪花，这无情物，也参与了大自然劫掠人间岁月的阳谋吧，想必是想必是。

可是复可是，想想复想想，那又如何？人生与浪潮极相似，一代啼哭去一代啼哭来，同一个太阳看着，同一个月亮看着，热眼冷眼看着，日月视人犹如人视蝼蚁吧。就是啦。朝菌不知晦朔，蟪蛄不知春秋，此小年也。楚之南有冥灵者，以五百岁为春，五百岁为秋；上古有大椿者，以八千岁为春，八千岁为秋，此大年也。而彭祖乃今以久特闻，众人匹之，不亦悲乎！想到无可再想，结论还是那又如何，人生苦短，老套语了，既然无可如何，紧紧记住曾经的美与好吧。

美好，是的，美好。美好很难定义。某些人认为美好的人事物景，某些人会认为丑坏，反之亦是。或讥曰：海根本不好看，不就一堆水吗，脏脏浊浊。是，你当然可以认为海的长相不好看，但请教，大海为什么要长得好看给人看，为什么人不长得好看给大海看？又或讥曰：窝在沙发上看连续剧吃零食才好呢，特地花时间花力气花金钱去看海，神经病喔，吃太饱喔，多愁善感喔，文学系的浪漫喔，感冒怎么办跌伤怎么办掉进去怎么办？逢此等，须伪装恭让，伪造诚恳，伪敬答曰：实在一语中的，像这样有见解知务实的人，五百年始得一个，换句话说，自明万历十五年以来，仅尊台一人。此等若闻言而见笑转受气，复讥，无所谓的，等闲事，大可再拜顿首然后太史公牛马走，牛马走的非正宗释义是牛奔马跑，意思即快逃开。

看过台风天的海，始知何谓千军万马。黑色战云压覆海面，绵绵滚动扭转，天不见了，天啊，要革命了要革命了。浪波急行军，水兵前哨先至岸沿打探，一排一连前后不停换班，低声，吓吓吓吓，然后，风吹响号角，虎虎虎呜呜呜，雨急擂战鼓，剥剥剥豆豆豆，水兵一横队接续一横队，以人海战术冲锋，杀伐之气凝重，刀光剑影闪烁。水兵亟欲登陆，吼吼吼吼吼扑上，守方的岬角最先受到突袭，岬角铁着一张铁色的脸，坚定抵挡敌方毫不留情的猛攻，半寸不让，水兵生气了，拼命爬云梯登高，合力掳走那些为岬角摇旗呐喊的树木，退下，另梯队再攻。岬角周边的海岸，由礁岩与消波块负责防守，水兵整营整旅直接跳过他们的头顶，打上陆地，随手劫掠一些土地，转身便去。水兵军团部署严密，调度有序，训练有素，进退不乱，前锋部队冲杀一阵，主力部队出动，攻势加强，守方甚至失去公路地区，临海的山，也被雨兵打得伤痕累累。雨兵是雇佣部队，几十万几百万的连续投入包围战场，脚步声哒哒哒哒哒哒；风兵是运输部队，几十公里几百公里的时速持续运送雨兵，运输车声咔咔咔咔咔咔。军团司令的辕门设于墨黑的云幕后，幕府占据整片天。谁发动战争呢？猜是老天，老天闲着也是闲着，操兵练将一番，顺便把人寰的污秽之气清除清除。

还好，台风不可能持续一整天，要是清扫得太干净，想来人类的气管肺部将难以适应，人类吸脏空气非常非常非常习惯了，那跟抽鸦片成瘾的差别很小，戒断或许反而糟糕。

台风离去，平日常见的渔灯很快就会重现海上。赏渔灯，春夏秋冬都可都佳，与登山赏星同，碰运气，多寡不一定，究实也与处世同，半点不由人，万般都是命。渔灯像海上的萤火虫，一点一点又一点，左右上下移动，要辨别远近，可采三角测量法，位于三角联机尖端的最远，两边斜线上方的次远，两边斜线下方的又次远，靠着底线的较近，底线下方的最近。画线很简单，以三树枝交成三角形。渔灯，未必是聚鱼灯，泛指。除非月光帮助，肉眼是看不出船身的，而三角测量法经常也会失准，灯晃来晃去，有时抬升有时压降，乃造成视觉误判，大致，准确度多少系乎海浪高不高兴，海浪高兴了跳起舞来，渔灯前倾后仰，三角线就脱线了。但没关系，赏灯不用讲究严谨科学，当作在看如露亦如电的梦幻泡影便是。这么说会不会太玄了呢？或许不会，也可能会。

飘着蒙蒙雨的秋冬两季看海，那就真是带有些些哲学意味了。山朦胧海朦胧心朦胧，最宜诵诗，高诵名人作或无名作都不妨，尤其是冬季，非假日，方圆两三公里内，人猫狗不见一只，那就再次领取而今现在。秋风秋雨颇相宜，万水千山木叶飞，堪笑灵云回首处，何须花发始忘机。来岁回乡种百花，不让闲客知我家，秋露冬雨自浇菜，棚下坐看乌啄瓜。雨缓缓轻洒，朦胧的海面似乎有雾又似乎无雾，远方船只忽而罩上极薄极薄的面纱，忽而微露纵横线条。涨潮时，寻一肯定安全立足处，勿逼近海水，睁眼看着，浪来了浪来了浪来了，哇哇哇，差点就往头上盖过来了，浪突然弯腰跌下，水珠伞开，如雾，雾迷眼，雾沾衣，雾拂脸，脚下的退浪声唰唰唰唰唰唰唰，心惊却意未尽，再睁大眼看着浪滚滚滚滚过来，啊啊啊来了来了来了，澎澎澎，湃，水伞张开，眼湿了衣湿了脸湿了。如是轮番玩水被水玩，连存款剩余四位数的苦恼都会忘记的，但要记得，当立足处前边的低礁即将没入水中时，应及时撤退，晚些就不行了。

秋季的天空，云量云形之多往往胜于夏。秋风起兮白云飞，草木黄落兮雁南归，那是北国情调；在南国，情调是云想衣裳花想容，金风拂面温意浓。有点热但不至于炎热，所以，岸钓的人多，岸钓能钓到什么鱼？什么鱼都可能，喜好岸钓者曰，曾钓得两斤重的黑鲷，真的假的？无须计较，观钓不语真君子。胆量够大的话，攀到岬角高点下望，岬角旋转处的水有时静谧得不可思议，各种鱼会在那里游动觅食。然，攀上岬角低点、小礁岩、消波块，都逼近海水，极不妥，秋冬较常出现疯狗浪，突地迅猛而至，几丈高，人是完全不堪一击的。危机总是潜伏于平静祥和底下，观海者岸钓者都须牢记这句话。

海钓是另一回事。热衷海钓者，各行各业皆有，晴雨日夜皆可。内行者曰，一旦集体出海，众生平等，开车卖椰子水的菜市场卖猪肉的与公司经理人政府官员排排坐，钓具也许彼此分出贵俗，炫耀或嘲笑则不当，这是潜规则，谁晓得谁脾性如何，万一有人烈性发作，茫茫大海，真无处躲的。人该常去观海或偶尔参与海钓，让海的温柔软化那已被现实砥砺出来的硬心肠，让海的暴虐作为借鉴映照那残酷的过激言行，让海的大度启发那久受科技文明冰镇的原生情怀，让海风吹掉坏念头，让海水洗掉坏脾气。纯揣测，太宰治好像脾气不特别好，自杀还要找伴，包括跳海。但是，此君确是难得的才子，文学读者们该庆幸他第一次投水被渔夫救起，否则如今见不到任何一本他的作品集。再揣测，渔夫应是住在镰仓小动岬附近的渔村。

渔村总是紧贴着天之涯，小，寂寥，草尖摇，风到处跑，没见几只鸟，鱼干吊挂不少，门壁油漆起皱了，树叶总有些黄褐焦，鸡鸭远近高低声啼叫，入耳尽是洪洪洪的海潮，安安静静被遗忘在地之角。

想跟渔夫闲谈，去渔村反而机会少。白天，村中泰半老人妇女幼童，就算遇见没出海的青壮，他们不闲。幸运些碰上一个闲着的渔夫，聊聊是可以，他一边聊着一边滑手机，与同业互通讯息，每隔一阵子忽然重新发现你。更幸运些，一个渔夫肯认真说话了，他谈选举治安社会国防经济外交教育，就是言不及捕鱼。极幸运，终于一个渔夫大谈捕鱼了。有一天，在近海作业，捞起一网小鱼，其中一尾小鱼，嘴里含一枚古代西洋小金币……另一次，捞起一个五尺长宽的铁箱，里面塞满宋朝瓷器……最奇的是三年前生日那一次……听者简直比似哑狗啃到青柠檬，叫不出的酸苦，可是，起意无回大丈夫，自找的，只得忍耐又忍耐，直至太阳咬了海面一口，渔夫才愿意释放听者，临别浅笑道：看你样子就知道是台北客，拿笔的，这故事精彩，回去写出来，趁稿费喔。

下回，去别的小渔村试试运气。海水会转弯，海风会转向，运气岂会不转化。无论天涯地角，找，总要找到好故事，若不欲写出来换润笔，于天理而言实无甚所谓，若全盘写出来摸些钱，于人情而言也无可厚非。

入夜后的渔村，如一座孤城，虫鸣唧唧唏晞急急促促，正是，听夜深，寂寞打孤城。独行小路上，千念万想无端涌出，如礁石间隙的旋涡泡沫。心海有船随浪起伏，脑海中，童年青年中年时的片段印象杂乱交替现影。老了，却返回年少似的多感，开心伤怀不定，动辄思往事，咦，怎么回事？老来偏喜看海，这事，嗯，老人与海？已至听雨僧庐下的人生阶段了，啊，山坐禅海蒲团，不坐禅却爱蒲团？外于一切善恶境界，心念不起，名为坐，内见自性不动，名为禅，善知识，何名禅定，外离相为禅，内不乱为定，外若着相，内心即乱，外若离相，心即不乱。唉，这般境界，料是单单六祖到得了，凡夫念经，心痒处总搔不着，矛盾互攻，如何是好？

　　渔村里唯有浪潮与电视连续剧的声音，这家一声朕，那家一声皇上。慢步漫想，想到须得返回红尘翻扬烟雾飞扑的盆地，滚过来滚过去过日子，没有完没有了没有空，但又束手无策，悲凉。往海边走吧，独处海滨其实不寂寞，海说得出无声的千言万语，海听得懂有意的千言万语，世间几多如斯知己？耳畔尽是声声呼唤，起伏海声恰如好哇好哇好哇来乎来乎来乎，哦，听到了听到了，好啦，马上来啦。

阿盛

本名杨敏盛，作品多篇选入课本，著有《行过急水溪》《夜燕相思灯》等。

反杜邦三十年

钟乔 / 文

就在三十年前，约莫是春天的三四月间……我的文化生活起了关键性的变化，从而影响了我人生这后三十年来的轨迹。这变化称之为"变革性"的自我探索，可以说一点也不夸张。那年，我在军中服少尉预官役，幸运抽到联勤后备补给的部队签，这部队非只可以上下班，且距离父母亲台中老家骑脚踏车就二十分钟路程。就这样，我成了少见运气绝佳的少尉义务役军官。每日，骑车上下班去当兵，且在家里的小阁楼当起英文家教老师，贴补一些收入。那时的我，恰三十岁。

小阁楼是惨绿青少年时期的写诗秘密基地。年代再往前推十年左右的一九七四年，原本木造楼房的阁楼，密密麻麻菌生着诗的种子。那时，台中一中诗社的一员，以编校刊作为逃课的借口；回到阁楼时，读鲁迅、陈映真的禁书，在墙上写着字句青涩的诗篇，吆喝着青春年少的男女友，前来听Simon & Garfunkel的《恶水上的大桥》，竟因唱机常当机，从原本四十五转的动人歌声转为三十六乃至于二十四转的变调歌曲。啊！年少的骚动与不安，都随着阁楼外铁道上"咯噔——咯噔"的火车声响，被带到不知何处的时间彼岸……等到一场邻居引起的火灾，将木造阁楼给烧得仅存断垣残灰。

恰就是这样，服役时期的阁楼，已经是水泥楼房的小隔间。夏日酷暑难挡，尤甚木造阁楼。某一日，好友思岳与振国来访，我从摆着鲁迅小相框的书桌上，取出一则小得不能再小的报屁股，上头写的就是美国"杜邦公司"有意在古城鹿港设二氧化钛厂却遭当地居民反对的消息。对于环境生态保育、跨国污染、公害朝第三世界输出……当时并未有深入的认识。但，乡土文学论战中成长的写作者如我，却多少敏感到这则讯息的非比寻常。那时，人在军队服役的后半期，多少次听陈映真说他即将开办的《人间杂志》，于是和他提及这则讯息……我们三人参与一九八六年的"鹿港反杜邦"运动，是由这则沾着油污的报屁股开始的……

记忆中，陈映真多次在正式或非正式的编辑会议上，提及我们如何深入现场，将一场环境运动与反跨国企业辩证连带的思维；这同时，由我来开展文字报道的工作，相互配合的报道摄影，则由蔡明德担纲。就是这样的学习过程，我深刻认识到思想、文学与社运三位一体的实践动能。是这样的学习下，在后来，我从事民众戏剧的近二十五年，启动了以文化行动来概括自身的剧场及写字劳作，也和人称"蔡桑"的蔡明德、范振国、卢思岳成了莫逆之交。我们都是陈映真的弟子，相识于理想主义旗帜翻飞的《人间杂志》。

回首过往，几些年轻时的容颜在脑海中交织。也就在刚开始到鹿港探路几回后，一位身材瘦瘦小小但常精神奕奕的青年，也加入了我们的行列，他是鹿港人施威全，因为在地且饱满的正义感，带来另类的冲击。一种世代联结的想象，于是在点着孤灯的水泥阁楼里发酵着……那时，美国优秀而进步的报道摄影家尤金·史密斯是一则传奇与典范，他在日本拍摄的"水俣症"（注）专辑，常让我们拿来与关晓荣的"八尺门"作对比。当然，发生在当时不久前的苏联车诺比的核电厂爆炸，以及印度博帕尔化学工厂毒气外泄案，更是参照的重要话题。"患了'水俣症'污染病的猫，还会跳海自杀……"有时，话题转到这样其实比现实更现实的情景上，我们便想到了文学在我们身上的灵魂未失；这时，陈映真的《将军族》来敲响阁楼的木门，我们经常便借由小说讨论底层人物的境遇；读完鲁迅的《狂人日记》后，更会无论夜有多深地以酒佐话题，还经常偶尔地误了服兵役的上班时间。青年施威全皱起眉宇语重心长地说："我们和民众一起工作，不宜酒喝得太晚，这会让人误解为逸乐倾向……"

这样子，"鹿港反杜邦"走进了我的生命中，且是关键性的一次冲击。现在回首，渐次体会到，反而不是事件在环境运动本身的运作，而是超越环境运动之外的世界观的建构。退伍了，我实时在陈映真的召唤下，以文字报道者的身份投入"反杜邦"的队伍中，为即将出刊的《人间杂志》做采访报道。于今，记忆深刻地回想起，有一回从鹿港现场回返台北编辑室时，陈先生再次以他看起来刻意漫不经心的口吻说着："不是我们多么会写作，而是现场的民众教育了我们。"他微笑着的、长者的侧颜，总让我至今难忘。

担心写不出理想的篇章，以好好响应在现场做出各式各样社会行动的伙伴们，如此的忐忑是不免的。但，回归自身的写作为社会行动的一环，却更是体会到陈先生话语背后深刻意涵的反思。从这样的反思中，我终而渐渐理解，当时《人间杂志》为何如此积极地投身"反杜邦"现场。

时间跨越到二〇一五年某些夏日午后。我们几位工作者在台西村进行一场称作"证言剧场"的文化行动。台西村，紧邻鹿港西南角的一个小小村庄，因备受隔着浊水溪五公里外的六轻空污之害，成了村民不愿却也被迫接受的"癌症村"。我们来做以村民报告受害经验为主体的剧场行动；为了取得参与演出农民的信任，我们展开系列的访谈。白日访谈，夜幕低垂时排练剧场，两者相互形成文化踏查的共同体。

一个寻常的午后，我们刚访谈完手捧着先生遗照，诉说癌症如何经由空污肆虐静默农村的康太太。我希望"蔡桑"在镜头前坐下来，也说几句话。没想他话语很短，在提及三十年前我们一起在"反杜邦"现场采访的往事后，他笑着一脸腼腆又犷悍的侧颜，不禁眼眶浮着一汪泪。因为，他在镜头前谈起"反杜邦"后，纪录片导演黄鸿儒问他对《人间杂志》结束的感想。

"蔡桑"这男人隐着眼眶里的泪水……我仿佛感觉整个原本就安静无比的村庄，愈加孤寂了起来，就只有他一个人，坐在海岸边的防风林间，望着大海、吸着纸烟……久久。那场景，让我回想起三十年前，我们一起越过防风林，搭乘鹿港粘氏兄弟一家的马达铁牛车，前往海坪中与劳动中的渔民访谈的往事。"蔡桑"朴实憨厚的招牌笑容，配着他一身的摄影器材，一张一张快门下显影的黑白照片，印证的不就是尤金·史密斯所说的："我相信一定要透过情感来激发智慧，才有办法纠正这世界许多重大的错误。"

铁牛车的马达巨响在海坪上"趴达——趴达"的滚动，激溅着一轮又一轮的水花。我们跨越时空，去到了鹿港外海访谈讨海人，一张张日晒下红得发亮的面孔，如何面对尚未设厂却已让人心惊废水污染的美国杜邦公司。而在"蔡桑"的系列留影中，有一张我趴在铁牛车驾驶座后铁架上，做访谈笔记的现场照片。那是我踏上民众文化旅程的初初见证，至今于我身体及血液中烙下深深的刻痕。

青壮代的戏剧评论人郭亮廷，在最近一篇讨论我与"差事剧团"完成的剧作中，写下了这样的评语。他说：

"把历史终结再历史化，把权力还给有面孔、有身体的人，让将死的病人不是注定被遗忘，而成为有历史的人。"

进步的、民众的历史从来未曾被民众终结，只是遗忘跟随消费的浪潮，不断加快了淹没记忆的潮水。我们醒着，就这样再次凝视"反杜邦三十年"，在我们面前，在我们拨去发展主义云雾的视线中……

注："水俣症"是二十世纪五十年代至七十年代，在日本水俣湾
附近渔村中发生的汞环境污染，特别是长期食用被污染的鱼和贝类引
起的甲基汞慢性中毒。

钟乔

研读戏剧研究，写诗，曾在《夏潮》《人间》等杂志工作。

来自山川湖海，囿于陪伴与爱

3

你肯定有过这样的过往，一味地向往自由和星辰大海，希望在理想主义与自我意识中活出光芒。年岁渐长，天性中的锋芒已隐于宽容温和，慢慢发现，囿于陪伴与爱也自有它的温馨动人。那就做一个囿于陪伴与爱的人吧，心底留有山川湖海也好。

• • •

如果在冬天，一台新冰箱

黄丽群 / 文

农历年前我妈换了新冰箱。虽然旧的那一台其实也还好，十数年如一日修长高冷玉面如银，该冻肉时冻肉，该制冰时制冰，门没关紧永远忠实地响警告声。灯泡甚至没有坏过一次。只是我妈长期嫌它不得力，冷藏室装一只生鸡一锅炖肉就周转不过来，胃口那样的小，像一个节食的人，厨房里最不需要的就是一个节食的人。我常常看见她蹲在那儿，脚边围满生鲜，斗尽心智排列组合，在最有限空间里筹备出最大的宽容，冰箱门好像看牙医的嘴开太久不断哔哔叫简直像在哭了。感觉两方都十分苦恼。

我认为运用如常的器物无须特别汰换，也主张大家都不妨少吃一点。显然我妈不作此想。她说："总之我就是想要一台大冰箱啦。"但如此一来，我反倒领悟了，这完全是iPhone6宣传词"岂止于大"（Bigger than bigger）的道理：一台够大的新冰箱也岂止于冰箱，它是一种想象，一种意境，一种可能性，它富有召唤家庭生活最好愿景的潜力。最后她买来的几乎有原先弧线窄身那部两倍分量，方口方面，杵在公寓厨房里好像在屋内养了特洛伊的木马。

然而事实证明，这头木马恐怕是我家今年最好的消费决定。此后有段时间我妈经常要我观赏它是如何地难以填满，她自己则持续处在一种若有所思与踌躇满志的轻快状态。并不是我的脑补。某天通电话，她听起来非常愉快，我说："你是不是一整天在家里走过来走过去，一想到这个冰箱就非常满意。""你怎么知道。""是不是还一直盘算接下来要买什么放进去。""没错！你怎么知道。""想也知道。"

二十世纪五十年代美国胡佛牌（Hoover）吸尘器曾在圣诞档期刊一幅广告，画面中斜斜趴着绿裙流荡读着小卡片的美丽黑发少妇，旁边是一台系了红缎带的吸尘器，文案写："胡佛吸尘器，让她的圣诞节更开心。"（Christmas morning she'll be happier with a Hoover），意喻服侍家庭劳务实乃身为妻子的恩福，视觉与思路可谓严明中带慈善，天父地母一样包裹着读者，是近代广告中性别歧视与刻板印象的经典案例之一。现在看，当然还是荒唐，但我妈的冰箱让我想起它。例如说，若此刻有电器品牌广告表示："某某大冰箱，让妈妈的春节更开心！"我想必会十分积极地嘲笑起来，然而这令人有点生气的宣传词今日发生在我家。

我有些迷惑。这欢乐该被当作一种退步吗？仅仅归纳为性别传统制造的因果，也不是不可以，此刻我却忽然迟疑这会否也是对人类情感的轻薄，谁能去决定谁的情绪比较优质，谁又比较落后；有时人难免在他人的乐中看见可惜，在他人的怒中看见可笑，但这看见本身是很昂贵的，这看见的代价有时甚至不是自己付的。

也或许，我之所以迷惑，不过因为冰箱这东西看上去老实，实则妖言惑众。物理上它冷，情感里却富有热量与光泽。你看饭店房间的mini bar小雪柜，放着口袋酒、士力架、苏打水、气泡饮料，那么普通，偏偏那么诱惑，说不定就是愈普通愈诱惑，因为旅店正该为你制造一种将普通日子点石成金的放纵错觉，特地安排些昂贵的东西，反而索然无趣。古中国皇家年年取冰，苦夏时节纳入名为"冰鉴"的大箱使用；日本加贺地方的汤涌温泉，至今保存江户时代的冰室，每年循古举办两次仪式，纪念此地曾年年献冰给幕府将军。种种丰赡继承，又怀抱这么多光线，如何能不爱它。很久前台湾有支公益CF："再晚，家人都会为你留一盏灯。"我想到的只是冰箱，三更半夜，蹑手蹑脚，翻东西出来吃，这时新的完整的都没有意思，最好是晚餐未完成的剩菜如半边飞不去的烤鸡；已经在那里呼叫你一整个礼拜的半桶冰淇淋；庆生会上油嘴滑舌而悬念的奶油蛋糕。

堕落一点的人直接站在冷藏库的灯光下吃。吃完，关上，暗中洗个手，回去被子里。简直无法形容这一刻人生有多值得活。

但这同时是它的矛盾，像薛定谔的猫似的，有功德圆满就有阴阳魔界。应该不止我听过这样的故事，为了提防发育中的"那个小拖油瓶"嘴馋，继父把冰箱锁链起来，少年一辈子对食欲有阴影。更不要提各式各样的藏尸分尸案件。说不定，每个随手握住门把心不在焉的瞬间，一开一关一亮一暗，都在不察中躲过或错过了多少个平行世界。冰箱门简直区隔了一切的知与不知，否则怎会有时明知里面没有东西，你还是打开来看一次又一次；有时里面都是东西，你还是找不到什么可以吃。Tom Wesselmann有幅作品《静物第30号》（1963，现藏MoMa），混合媒材油画为底，左方制作出整片紧闭的立体粉色冰箱门，镇压整个画面，右方的富余餐桌堆置各式食物（均由杂志广告剪贴而成），有肉有面包有苹果，有优格还有菠萝罐头（菠萝罐头！）色彩饱满光线灿烂，但不显得太过积极，背景的窗台摆了花，墙上挂一小幅画（仔细看会发现是毕加索），一切温柔平静中有不合理的心神不宁，某一日我恍然大悟：这张力并不只是构图的效果，而是桌上那些，应是原先存在冰箱里的东西吧。所以那扇拉不开的门后现在到底装什么呢？

可能就是更琳琅更滋润，晖丽万有的各种物质。也可能是杀害与欲求，保存与占有，各种腔室深处坚冻如石的陈年材料。也可能哗一下拉开，干干净净，全是空的，只是一个清洗内在的好日子。

冰箱能如此精确地指向生活的身体，简直令人害羞。小时候父母设置了各式天条，最禁忌之一，就是做客不可开主人家的冰箱。儿童不懂得这里的羞耻感存在何处，过后才渐渐明白，首先擅自接近食物，无论如何就代表一种馋相，像是多好吃或多挨饿似的，伤害父母的体面，各种礼仪（例如餐桌礼节）都是从遮掩身或心的贪欲开始的；再一层，也是回护主人，万一打开了，一片萧条，大家面面相觑，固然不太好，万一里面有各种好东西（客人则喝冷开水），那更加不好了。

即使既不萧条，也不悭吝，到底还是太隐私。美国摄影师Mark Menjivar有一系列拍冰箱内容的作品，画面乍见非常平凡，但一张张看下去，就有种在路上莫名被许多人迎面逼近的压迫感。人在食物上是瞒不住面目的，例如我自己住的时候，里面基本是空的，出现还没过期的面条鸡蛋酱瓜豆浆已算丰年祭，如果有一把新鲜绿叶蔬菜，那简直蓬荜生辉。偶尔打包外食回去，放过几天，还是丢掉。

又例如若有人说他每天吃炸鸡比萨都吃不胖，好烦哦，万一多手打开他冰箱，里面都是蒟蒻与芹菜汁，你可能从此多一个死敌；或例如有人总是告诉你最近很好，很上轨道，不要担心，唯有他自己知道冰箱只有各种浓度的酒精与三颗烂黑的西红柿。因此，至今即使是在熟朋友家里，主人若让我自己去拿罐饮料或什么，仍然习惯口头招呼一声："我开一下你冰箱哦。"若能全不顾忌，那是最亲昵知底细了，有时甚至比性更近。Susan Sontag曾经的情人Eva Kollisch在纪录片里回忆，当年Sontag每过她家，第一件事就是踢掉鞋子去翻冰箱，一面找出东西吃，一面讲八卦。这一幕是可以如此记过大半辈子。

我妈的新冰箱送来没几天，北极震荡也来到了台北。郊山白雪深覆，盆地中央甚至落下冰霰，对于建筑不防风寒、室内空间一般也不装设暖气的亚热带人而言，真是冷得人胡言乱语。在接近零度的屋子里穿着雪衣外套，我安抚自己这也算是目击了"历史上的那一天"：好的或坏的这世纪以来我们果然也经历太多梦般的现实，地裂与核变，花与伞，没有想过有生之年竟能看见非裔成为美国总统，没有想过特朗普居然有可能是下一个。没有想过开书店会被消失，更别说看书了，大家甚至不看电视了。只是这些事，都很难用看雪的心情整理。

后来洗了一点放在室温下的小西红柿，又洗了一点存在冰箱里的樱桃，感到很枉然，西红柿竟比冷藏室拿出来的樱桃还要冻。边吃边坐在餐桌上对着计算机刷facebook，上面有人讲，不如住进冰箱里吧，还比气温高出两三摄氏度呢。当然这是个荒谬的取笑，不过，当整个城市都是岂止于大的大冰箱时，我忽然有点懂得了：原来永远都会有一个比冷更冷的地方，这大概，就是所谓"我为鱼肉"的滋味吧。

黄丽群

曾获时报文学奖、金鼎奖等，著有《海边的房间》《背后歌》等。

漆黑的梦中树

罗任玲 / 文

仿佛那是

世界的本质

你静静嚼着

鸦片。橄榄枝。

三千万个方生方死。

　　我们都是漆黑梦中树上的一片叶子。时候到了，从梦中生发；时候到了，
又从梦中飘零。

　　二〇一〇年深秋，我第一次，也是最后一次和母亲同游日本。

　　离开奈良东大寺不久，原本晴朗的天色忽然阴暗下来，顷刻间落下滂沱大
雨。母亲走得慢，我在后面陪母亲慢慢走。雨势愈来愈大，而且是从前方扑打
下来，为了不让头脸淋湿，我把伞向下斜撑，大约有几分钟的时间，根本无法
辨识方向，每一举步都是艰难。没多久，衣服鞋袜都淋湿了。

　　"这里是哪里呢？"母亲在伞下忧愁地望着我。

　　我将伞微微抬起，才发现广漠的四野几无人踪。大雨摧打着每一棵树，和
树上的叶子，有些叶片被吹向虚空，有些则坠落泥地。只有一只鹿，在雨中悠

然地嚼着连枝之叶，梦一般不真实。我被眼前的景象震慑了，《雨鹿》开头五行霎时浮现脑海。

时空重叠着另一个时空，如梦的场景在多年后益发真实起来。那是隐喻吗？

我一直有记录梦境的习惯，那是二〇一二年五月的梦：旅途之中，天黑了，我来到一家旅店，是一幢墨绿色的高大建筑，外观古老，有着细致的雕花门窗。我推门进去，空无一人，连服务生都没有，我坐下来，打开桌上也是墨绿色的MENU，前面几页竟然都是奠仪。梦里的我感到非常不舒服。

另一个梦：也是旅途，我独自走在无人的山路上，低头一看，脚下是一朵白色康乃馨，我同样感到极不舒服，加快脚步往前走。

是的。梦境于我，从来都是隐喻。

二〇一三年二月，哥哥意外身亡；同年七月，二姐猝逝纽约；然后，二〇一五是母亲。梦境像不怀好意的狙击手，一再试探我的底线。死亡，则是盘踞头顶的怪兽，张着可怖的大口问我害不害怕？然而即使它就要把我撕裂，我仍逼视着它诡异的巨瞳："我从来没畏惧过什么，你也别想让我害怕！"我一向不喜欢和人谈论自己的事，更遑论用文字记录下来，但这一次我知道，我必须写，不能再回避了。

> 雨丢在光秃的掌心里
>
> 长成一棵
>
> 漆黑的梦中树
>
> 用丝线连接。明天
>
> 无数的菌子虫子和鸽子
>
> 就飞起来了

在断断烈烈的雨丝里

火焰里

地狱之火是这样烧起来的吗？

二〇一五年五月，母亲因为久咳不愈，我陪她到医院照了X光，才发现左肺叶下方有一二点七厘米的阴影，门诊的白医师高度怀疑是癌症，我们紧急办了住院手续。五月二十五到六月四日，整整十一天，母亲做了许多检查，我始终无法忘记那九〇六病房，透明的窗玻璃，往上是白云悠悠，往下是万芳医院捷运站，扰攘人世过客匆匆，里外两个世界。没有安排检查的时候，我总站在窗前发呆，想很多事情。读木心的书，却总是停留在那几页。母亲躺在病床上，常常静静望着天花板，很少说话。做完所有检查出院的前一天，她告诉我，回家后要去剪头发。

每一天都是一片叶子，飞进茫漠雨中，飞进火里。

检查报告出来，确诊为肺腺癌第三期，已经转移淋巴结。六月十五日，母亲开始服用标靶药物。不到一个月，全身长满溃烂红疹，手指和脚趾甲沟炎红肿化脓，一吃东西就腹泻。炎酷的夏日，每天晚上我帮母亲擦药，总想起《地藏菩萨本愿经》的句子："剥皮地狱。饮血地狱。烧手地狱。烧脚地狱。"我看着地狱图在母亲身上触目惊心地展现，既心疼又焦虑。然而母亲却从不抱怨，白天依然像往昔一样拖着菜篮去买菜，买满满一大篮我们爱吃的食物，一个人挥汗从一楼把沉重的菜篮拖上四楼。有时我在家，一开门就看见母亲面色苍白地站在门口，忘了她身在地狱，忘了前路的凶险。

那三个月，从夏天到秋天，母亲身上的红疹渐渐褪去，每天仍按时服用标靶药物，虽然也还有甲沟炎，偶尔腹泻，但都在能忍受的范围。一切仿佛平静下来，常常我从外面回来，中午的阳光正好，母亲在光影之中吃饭，看她喜爱的动物星球频道，看得目不转睛，说这节目真好。让我们也以为日子可以平淡静好地一直过下去。

九月下旬某天门诊，主治的许医师建议我们开刀。她要我去挂胸腔外科林主任的门诊，得到一样的答案。他说用微创手术，伤口很小，休息几天就可以回家。开刀的那个清晨，我在母亲的九一三病房，窗玻璃外，如梦的晨曦遍洒在万芳高中校园里，在来日方长的高中生身上。我一回头，护理师来了，问躺在病床上的母亲叫什么名字？母亲轻声说："草头黄，美丽的丽，芬芳的芬。"我从前总嫌自己的名字，觉得母亲的名字更俗。那一刻，我却惭愧得眼泪几乎夺眶而出。写了半生的诗，自以为是个写诗的人，然而把我所有写过的诗加起来，都不如母亲的这一句话动人。我更没想到，这是母亲清楚表达的最后一句话。

签同意书是微创手术，结果因沾黏问题改采传统大伤口的手术。在加护病房观察一天，等不到双人房，母亲就戴着氧气罩被转到四人房的普通病房，拥挤嘈杂的病床边，我收到许医师转来的一份已在同意栏打钩的同意书，那是一份名为"人体试验/研究伦理委员会"的"试验/研究用人体检体采集同意书"，由"台湾科技主管部门"赞助，执行期限：2015/8/1-2018/7/31，招募对象：肺癌患者二十名，最大年龄九十岁。利用直接采集自肺癌患者的肿瘤细胞进行研究……我大约明白是怎么回事了。

来不及懊悔，母亲第二天就因为血氧浓度急速往下掉，紧急送回加护病房，从此没再出来。每天上午十一点和下午六点半，我、老父和从纽约赶回来的大姐，守在加护病房外，时间一到就冲进去，每次只能停留四十分钟。母亲双手绑着约束带，颈部插着气切管，无法言语，无法进食，为了避免肺积水，连水都不能喝，身上还有鼻肠管、中央静脉导管、导尿管……相较其他意识多已昏迷的加护病房病患，母亲始终意识清醒，却也因此，每次见到我们总是流泪。那漫长的四十多天，我不知道在我们短暂见面的八十分钟之外，母亲是如何熬过去的？因为开刀造成的肺炎、呼吸衰竭，到后来的败血症，每一次见面母亲都更衰弱，每一次见面我们都更无助。

是地狱现前吗？熊熊烈火佛在何处？

十二月五日，母亲住院后我第一次梦见她回到家，我高兴地将她抱起，放在客厅沙发上，梦中的母亲变得好小好柔软。十二月六日，第二次梦见母亲，她给我一个两万元红包，然后搭上一辆神秘的车子走了，仿佛暗夜的场景，车身一下就失去了踪影。梦中我就已意识到，母亲大约要与我道别了。

十二月八日，母亲住院第四十四天。下午三点，罕见的暖阳攀上老屋窗棂，我静静坐在母亲常坐的小椅上，看阳台上好看的叶影摇曳。母亲有一双巧手，爬山时带回来的野草，随手一种就是花繁叶茂。母亲对色彩也极敏锐，然而一直都是职业妇女的她，下班后就得直奔厨房，从无余暇发展自己的兴趣。退休后的某一天，母亲突然说想画画，买了水彩画纸，没日没夜地画起来，无师自通的她，八年间画了几百幅作品。母亲善画动物，笔下的动物眼神灵活，天真又充满奇趣，我总觉得母亲画的动物就是她自己。母亲也画佛像，下笔总是清净庄严。那么有天分，母亲却从不把名利和画画连在一起，大姐虽然在纽约帮她办过个展，母亲依然坚持画画只是兴趣。如今家里挂满母亲的画作，很难想象，少了这些温暖美好的画，老旧的房子将是如何空洞？

母亲更喜欢买礼物给我们，总是穿那几件衣服的她，出门看到美丽的衣物或用品一定先想到我们而不是她自己。即使在最穷困的年代，父亲和我们几个子女也从来没寒酸过。开刀的前两个星期，母亲还买了漂亮的水壶、背包、衣服，像小时候那样，仔细地排列在客厅沙发上，等我回家要给我惊喜。我摩挲着这些衣物，这些画，这些触手可及的爱，全是她留下的礼物……

果真是母女连心，我刚准备好母亲的衣服，护理师就打电话来，要我们赶紧过去。到医院时母亲心跳几乎已停止，但忽然又几次睁大眼睛，露出惊恐的神色，双手向虚空举起，微微颤抖。我不断在母亲耳边喊："不要害怕！不要害怕！跟着我一起念佛号，佛陀会来接引你！"

五点四十七分，母亲已无心跳，林主任要我们到外面等候，他们得为母亲拔除身上许多的管子。再进去时，从花莲来的大舅、大舅母、四舅也赶到了。终于脱下病人服，换上家居服的母亲，身上不再有鼻肠管、气切管、中央静脉导管、导尿管……然而母亲的眼和嘴依然没有闭上。

> 而你只是嚼着
>
> 快乐的叶子
>
> 漫天起舞随地腐朽
>
> 像最甜的大海
>
> 最咸的水滴
>
> 你只是嚼着
>
> 一棵生命树
>
> 以我无法命名的步伐
>
> 覆盖眼睫
>
> 啊那橄榄之舟
>
> 承载梦中的荆棘
>
> 在天色行将昏昧的此刻
>
> 泛出了美的光泽

大舅、大舅母、四舅都是虔诚的佛教徒，我们守在已覆上往生被的母亲身旁，不断地为她念佛号。直到晚间九时抵达二殡，礼仪师为母亲揭开了往生被，只见母亲闭目微笑，神态安详且肤色嘴唇皆红润，与方才在医院看到的面容灰败浮肿，眼嘴未闭，简直判若两人。如果只有我一人看见，不免怀疑那是自己的幻觉，然而大舅、大舅母和四舅都看到了。大舅母激动地对我说："任玲，你也感觉到了！"我说："不是感觉，是看到了！"我虽然一直以"近乎佛教徒"自居，过去对于助念往生总是半信半疑。如今亲眼见到，不得不相信，佛经中一再出现的"不思议"，是何等无上甚深微妙了。

十二月十日，又一不思议之事。之前父亲就交代我，希望母亲告别式时还能找阿巧师姐，她曾带十几位师兄姐在哥哥的告别式念佛回向。我也这么想，问题是阿巧师姐的手机号码早已遗失，临时去哪找她呢？这个念头出去不久，手机响了。我接起来，那头传来声音："任玲，我是阿巧师姐啊！"我吓一跳，以为谁告诉她母亲的事了。原来她要邀我参加一场慈济岁末感恩祝福会，而我们决定的母亲告别式的日子，正巧就是祝福会那一天。

十二月十一日，另一不思议又发生了。我忽然想到，应该为母亲报名法会，却不确定目前是否有？我找到一张佛光山行事历，一看，正好有一场万缘水陆法会，第一期已结束了，第二期从明天开始。打电话去报名，并告之缘由，接电话的师姐说："你母亲很有福报，万缘水陆法会每年只举办一期，今年额外办了第二期，就在你母亲的头七，这是非常殊胜的因缘。"

哥哥过世时，我曾好几次带母亲到法鼓山农禅寺，她一直很喜欢那儿的朴素雅净，如果这次也有法会因缘，母亲一定很开心。我立刻去电查询，果然，二十日母亲告别式那天，正是农禅寺举行地藏法会之日。

这么多不思议，只是巧合吗？我不免想起反复读到的《灵魂永生》的句子：

这私人的多次元的自己，或这灵魂，于是有一个永恒的确实性。它被"一切万有"的能量与不可思议的活力所维护支持。那么，你的这个内我不能被毁灭，也不能被减损。它分享了"一切万有"与生俱有的那些能力。因此必须去创造，就如它被创造出来那样，因为这是在所有的存在次元后的伟大天赋，由"一切万有"的泉源溢出的。

那年的雨鹿，如今的母亲，那棵不能毁灭也不能减损的漆黑的梦中树，必然也被"一切万有"的能量与不思议的活力支持了。

冬至，也是母亲进塔的日子。一大清早，久违的蓝天就已布满细卷尾的祥云，我几乎以为，这是一年来最美的晴日。车过桃园，一路上都是轻芒花，温柔无比地延展着大地。车过大汉溪，冬日的溪水在阳光下静谧闪烁，晶莹又奇幻。就像小时候全家出游，母亲坐在我身边，日子还要长长久久地过下去。我想起今天日历上的诗是王维的："渭城朝雨浥轻尘，客舍青青柳色新。劝君更进一杯酒，西出阳关无故人。"有一天，我们会在何处重逢？

正午时分回到家中，母亲的房里都是琉璃光，画本、画桌、衣物上，全是温暖澄澈的镶金光芒，如泉水般溢满，那的确是《华严经》里一再颂赞的，真实不欺的光。我唤父亲和大姐来看，三人在母亲房门口，看着这不可思议的美丽景象。我忽然明白了，如果佛陀的爱能够穿越时空和生死，母亲的爱当然也能。肉身会消亡，爱却不会。那样纯净强大，就连最深的黑暗也阻挡不了。而既然不曾分离，何须道别？

我定定地注视着这光，良久，终于流下了泪水。

罗任玲

曾获梁实秋文学奖等，著有《逆光飞行》《光之留颜》《台湾现代诗自然美学》等。

希望之书：杨逵的《绿岛家书》

吴叡人 / 文

"阻挡不了浪潮，那就航行吧。"

——Margaret Atwood，The Year of the Flood

　　我在学术上的专业研究领域之一，是日本殖民统治时期台湾民族主义运动的政治史和思想史。然而我生也晚，又长年留学他乡，所以始终无缘接触到那些活跃在《警察沿革志》或者《台湾文艺》书页之中的历史人物。

　　一九八三年冬天我透过杨翠，邀请了杨逵老先生到台大演讲，作为"台湾文学周"活动的压轴。我向课外活动组申请办理"台湾文学周"系列演讲时，课外组预先警告我，活动中不准杨逵和杨翠以外的任何其他人上台。

　　我已经不记得那晚杨逵先生讲了些什么了，然而我依然清楚地记得他一身黑色台湾衫的瘦小身影，温暖而沧桑的笑容，还有娓娓道来的亲切的闽南语，酿出了一种我从未体验过的重量与力道，深深地震慑了年轻无知的我。那晚活动中心来了很多同学，场面很热闹而温暖，很有一种历史现场的感觉，生性善感而容易冲动的我，受到那种奇妙氛围的感染，不顾课外组的警告，硬是把坐在台下的民歌手杨祖珺小姐拉到台上，鼓动我的伙伴和场内所有人，在她的带领下一起合唱了杨逵作词、李双泽作曲的《愚公移山》。

活动结束后，课外组D姓组员在离开会场时，对我不客气地说："吴叡人，你自己看着办吧！"我没有理他，因为终于和台湾的历史脐带联结起来的冲击正使我百感交集，无法自已，要记过就记过吧，谁在乎这些历史的泡沫呢。不久以后我接到一封公文，发觉我只被记了两个警告，因为根据他们的"校规"，我一旦受到小过以上的惩戒，就必须被强制解除代联会主席职位，但他们不想让我变成一个校园"烈士"或者"政治犯"，所以只记了两个警告，点到为止。

因为我不抽烟，身上没有打火机，所以我把那封公文撕破，随手丢进了垃圾桶。

那次我没有机会变成"校园烈士"或"学生政治犯"（令人遗憾的是，尽管后来我做了一些更危险的事，但始终没有机会成为烈士，有人天生就只能做第二线或第三线人物），没有机会创造历史，不过我却遇见了台湾历史。杨逵就是我的台湾历史。

然而那是一种过于茫漠巨大的历史意识，而我太无知以至于无法辨识它的意义，太年轻莽撞以致无法理解血肉终会萎缩，生命终会消逝，于是我在无知莽撞之中，竟然就这样和杨逵先生交错而过，甚至没有再转身向他叩问一次关于这一切的意义。两年后，杨逵先生过世了，我唯一亲炙过的历史前辈如今又化为历史书页中的抽象铅字。

所以那个冬夜我从杨逵先生的身影和话语中感知到历史的存在，历史的体温和重量，但我必须要等到很久很久以后才开始理解那些历史的意义。我开始体会到台湾政治学与社会学之缺乏历史意识，开始"折节"修习台湾史，已经是二十世纪九十年代中期以后的事了。

等到我开始笨拙地尝试运用我在西洋政治思想史课程学到的方法，来解读台湾政治史和政治思想史的文本，开始一篇一篇累积我对这些困难的、不透明的文本的解读，直到我终于写出了一本叫作《"福尔摩沙"意识形态》的博士论文，弄清楚了一点那个世代的精神轮廓，又过了将近十年的时间。然而杨逵在我晚熟的台湾史与台湾思想史意识中，却依然是一个巨大而模糊的形象，他比较像是一个人格典型（抵抗者），一种行动典范（组织与启蒙工作者），而非思想或意识形态的化身。

然后我从早稻田回到台湾，开始研究芝加哥时代未完成的台湾"左翼"传统研究，并且完成了一篇连温卿研究后，终于在一字一句重读《警察沿革志》的过程中和杨逵先生再会，而这一次他终于以一个社会民主主义者的明确姿态出现在我描摹的光谱之中。尽管如此，我并不真正理解这个"社会民主主义者"杨逵，也尚未开始试图去理解他，因为这时候我忙着学习世界语，深深地沉浸在另一位社会民主派连温卿复杂、重层的思想世界之中。

然后又过了十年，杨翠寄给我《绿岛家书》，我开始重新阅读这些过去自以为明白易懂的文字。现在的我，和大学时代比起来，多知道了一点台湾史和世界史的知识，学会了一点解读历史文本的方法，还有在民间从事转型正义工作的经验，而且才刚出版了自己生平第一本文集《受困的思想》。

这些岁月的积累对我重新阅读这些看似平凡的家书颇有帮助。我先读了一遍，然后再一遍，一开始非常困惑，因为似乎找不到太多可供深度解读的文字段落，也想不出任何具有新意的诠释。这些文字就是一种特殊的"家书"，是一个"政治犯"在严密监控的条件下写给自己妻子儿女的信，充满了日常性的细节，不能陪伴在妻子儿女身旁的歉意，以及试图透过文字参与妻子儿女生命的热切的补偿心意。他们也表现了书写者一种难以形容，甚至难以解释的人格强韧与乐观进取。这些文字动人，然而透明到了不透明的地步，因为他们呈现的是一个太过私密的，外人无由进入的情感世界。

读到第三遍或第四遍，我开始注意到书写者反复致意的几个关键词，如

"土地""农场"与"家园"，如"互助""协力"与"自足"，以及反复提起，几近于执着的一家团结，共同建立"理想农园"的梦想，例如以下这段写给长子长媳的代表性文字：

> 八月底有一位朋友会约你去白河……看土地。他有三十几甲（有山、有园）的共业，可以合作，也可以请他们让几甲给我们经营。详细情形到实地察看商量一下。这地方离城市较远，自然不合种植零卖草花。不过，果树、果树苗和菊花、花菖蒲等的大宗生产及种苗球根的生产是可以的。更可以换些饲料喂鸡鹅。因不零卖，倒比在城市种零卖花草有时间来看书写作，对于我们的整个计划来说也许是更适宜的。祖母的扶养问题不必介意，只要把一个理想的农园建立起来，我一定有办法请她出来同住，让她快乐享受晚年。大姊自然也可以安置的。

长年研究西洋政治思想史与"左翼"理论的专业敏感，让我突然联想到这个看似执迷的世俗梦想之中，似乎隐藏着一个完全不世俗的乌托邦愿景：一个社会主义者在事不可为的黑暗年代中，试图透过家族互助，深耕土地与农业劳动，建构自主生存基础的迂回的个人实践计划。

这也是一种"孤岛"，悲伤的个人孤岛，而是在资本主义大海中浮现的一个个以家族为基础的，互助与共同劳动的幸福之岛。如杨逵在信中说的："不能走直线的时候，你们应该转弯。"在资本主义的洪水之中，我们家人应该紧紧相拥，结合成一座保有了最低限度人性与幸福的岛屿。

然而这个突如的联想或狂野想象，这个过于跳跃的解读其实依然不够深刻，依然只是停留在表层，停留在我作为一个政治思想史研究者的专业形式之中，没有触及事物的深层本质，也就是杨逵其人的本质。直到我再一次从头阅读，注意到杨逵次子杨建的提醒，这些家书大多因超过三百字的限制而未曾寄发。直到我重新阅读了杨翠的《穿越时空的家书》，读到她提醒说这些家书因未曾寄发，因而是"作家私语的日记"，我才终于理解到这些家书的特异之处——几乎所有这些亲情絮语，所有这些鼓舞勉励，所有这些"马拉松式的"勇气坚毅，所有这些"雷公打不死"的乐观，所有这些"长远的计划"，几乎所有这一切都是杨逵孤身一人在火烧岛的独白，在孤独之中与自己灵魂的对话。

在火烧岛上，在孤独之中，杨逵靠在劳动改造的菜园里的肥皂箱上，在简陋的笔记本一字一句细密地、绵密地、稠密地印刻他与家人的想象的对话，包含着忏悔、叮嘱、鼓舞、责问与指引，刻印一种无法分享、无从交流的温柔与挚爱，刻印一种执迷的、终生不悟的热情——刻印一种没有根据，无须根据，无法证明，不证自明的，只要人活着，只要人渴望活下去，就会从灵魂深处迸发出来的，叫作"希望"的东西。然后我才发觉，和杨逵擦身而过三十三年后，我终于好像看懂了他那"似温驯而又不太温驯"（Scalapino 教授描述台湾人的用语）的，谜样的温暖笑容的意义。

于是我才理解，《绿岛家书》书写着杨逵朝向希望的意志，它是台湾人精神史上的一册希望之书。

吴叡人

译有班纳迪克·安德森著《想象的共同体：民族主义的起源与散布》，
著有《受困的思想：台湾重返世界》。

我们回家了

杨翠 / 文

小镇早知秋，两场台风过后，空气中微沁凉意，混融着草叶的清新。那是秋日出生的我最熟悉的体感与气味。

初到大肚山，才刚满月，秋凉沁肤，然后我在砾石与红土中打滚长大，身上总是沾染斑斑红泥，直到十九岁。我人间最初的体感与气味，就是秋意和红土。

十九年的相依为命，四年的背离，三十一年在回家的路上。这就是我至今为止的全部人生。

三十一年很漫长，但也就是转瞬间。三十五年前，我坚心决意离开，四年不到，阿公辞世，我来不及当面告别，那一声再见，从此含在嘴里。终于，我可以拉开东海花园那扇不曾上锁的门，脆声说，阿公对不起，我回来晚了，这是送你的生日礼物。

我的新书《永不放弃》，写你的生命故事，你的抵抗、劳动与写作，还有，你从前寄不出去的《绿岛家书》也重新出版了，两本书都很美吧。你十月十八生日前后，我们策划了台北景美人权园区的"杨逵纪念特展"，以及台中港区艺术中心的"杨逵家族艺术联展"，家族四代都会参展，用自己的语言和美学，跟你说话。

我们都回家了，阿公，生日快乐。

永远的不合时宜

离开大肚山，离开相依为命十九年的阿公，彼时，也是初秋。

我正当少女，青春如帆，想要飞向灿丽天空。青春生命的时间感，取径当下，想象未来，但不耐于回顾。然而即使是未来，也有太多我们想象不到的，或是误识它还很遥远，却很快就迫到眼前的那种你不想要的未来。四年不到，阿公辞世，我才意识到自己当年的任性背离，竟成生死两隔，我此生所有的功课，在这个时间切口，全部激涌向我。

我的梦想方位，从此在时间轴线逆行，我开始执着于面向过往，面向我与阿公的已逝日常生活，面向家族的伤痛事件簿，面向台湾历史记忆的光与影。一九九三年，我的硕士论文《日据时期台湾妇女解放运动》出版，这是我的返乡首航，但乏人问津，好不容易有学校社团相邀分享，听众不到五人，我温柔安慰主办单位，我们从事台湾史研究的，早就有了孤独的觉悟。

然而，在所谓"台湾文史成为显学"的风华时代，我也同样不合时宜。我看见我们站在猛浪中，看似波澜壮阔，但是环境不够友善，我们自己也踩得不够稳实。我无法因为系所评鉴获高分而开心，不会因为全所老师都拿台湾科技管理机构计划而骄傲，也不曾因为系所活动频繁、经费丰富而欢喜。对我而言，台湾文史不是论文、计划、课程、系所的名称，不是任何一个项目、成果与业绩。那是我的生命行囊。

在孤独时代，我安静稳走，在风华时代，我选择当乌鸦，预言潮水将会逆退。后来果然如此。但无论台湾文史研究是光鲜、黯淡或诡谲，我只能始终如一，背负沉重的家族行囊，没有到头的一日。好友廖玉蕙曾经不舍地说，杨翠你何苦这样。我知道，我知道我不是因为没路可走，我有更多更好的路，我可以活得更轻松，我可以成就"杨翠"自身，而不是"杨逵孙女"。

但背负杨逵成为我的强迫症，日复一日，就如有些人不哀叹就无法呼吸，我是卸下杨逵就无法前行。我既不能放下，又不能欢喜做甘愿受；我常常想要溜走，大口呼吸没有杨逵的空气，但又强迫自己，只能缘路前行。

最初我将自己的冲突、矛盾，统统归诸我出生时的星象宫位。如果你是日座天秤、月座白羊、上升摩羯，那你注定没有单向度的统一人格；我日座天秤的舒缓优雅，偷闲爱玩，月座白羊的天真猛浪，一遇上上升摩羯的严肃、老气、工作强迫症，全都伏首输诚。

好吧，其实这是我的胡解乱解，我根本不懂什么星象宫位，只是必须找一种面对自己的方法，安顿自身。

家族其他孙辈常说，我们都对外界隐藏杨逵家族的身份，宁可悄无声息，不想压力太重。他们可以隐埋家族身份，我却不行。我从出生就被赋予"东海花园将会青翠一片"的预言，阿公辞世后，我又被铭刻在东海花园的历史里。

妹妹曾经叹息说，当时我也曾经在场，为何他们都遗忘了我，只记得你？我告诉她，被记忆绝非好事。在那个现场，我们无论被看见或被忽视，无论被记忆或被遗忘，都是被动式，都是身不由己。

因为被记忆，我就只能背起行囊，没有卸下的选项。这与天秤白羊摩羯毫无关系，我当然早就知道。

失败、退缩、伤痛

一九八五年春，阿公辞世，夏末，我返乡，进入东海大学历史所硕士班，开始漫长的返家行路。

就在这年，我首次向父亲提议，募款成立"杨逵文教基金会"，开始筹建

"杨逵文学纪念馆"。我记得在大甲家中，我与父亲历经非常漫长、虽不激烈但一再反复的争论，到后来，我痛哭失声，他也红了眼睛。

三十一年前的事，细节记不得了，只留下一些片断，非常强烈的片断。我记得父亲不断说着这样的话：这件事绝不可能，你想得太天真了。我们自己还背着几百万债务，拿什么来盖纪念馆？募款？你去向谁募款？谁会给你钱让你去盖"杨逵文学纪念馆"？你想得太天真了，你就像你阿公，都太天真，阿公就是太天真，我们才会到今天还过得这么苦。再说了，成立"杨逵文教基金会"，建造"杨逵文学纪念馆"，这是我们家属该做的吗？杨逵有那么重要吗？他如果有那么重要，也要让艺文界的人去说，去做，我们自己在那边嚷嚷，说我爸爸很重要，大家来帮我纪念，这不是被人笑话吗？

我记得当时自己痛哭的原因，我难过父亲对杨逵的认识与评价是如此负面，那可是你父亲，是我相依为命十九年、此生最亲爱、刚刚才离世的阿公啊。好多好多年以后，我才能理解父亲的伤痛是如何顽强深固，也才理解阿公的天真，阿公对理想的执着，带给家人多大的伤痛和负荷。

一九八五年意气风发想要成立"杨逵文教基金会"的理想，因而作罢。我性格太被动，积极性不足，没有企图心，又没有支持，孤立于荒原，斗志消风。这期间，我不断被杨逵生前各路老少友人关切询问，何时成立"杨逵文教基金会"？何时会有"杨逵文学纪念馆"？何时出版他的全集？何时写出他的传记？

我默默将阿公背在身后，时而被逼着前行两步，但多半都是原地踏步。一九九二年，我再度燃起成立"杨逵文教基金会"的斗志，设计邀请函，寄发各界，获得许多正面回响。然而，设立基金会的那两百万，我连两万元都生不出来。

一九九三年，我以彗星一号字处理系统，撰写一份"杨逵文教基金会"筹备草案，从成立宗旨、组织章程、邀请对象，就连现在很夯（注）的"文创产品"，我都很有"先见之明"地逐项设计。万事俱备，仍然只欠东风，后来成立基金会要四百万，再后来要一千万，筹备草案最终还是成为计算机中的几条记忆波纹。

一九九八年，退休后的父亲，因为重新理解认识了杨逵，决心不靠募款，只靠自己一砖一石，把"杨逵文学纪念馆"盖起来。他重返东海花园，种花种树，结果被台中市政府环保局以"违反山坡地水土保持"，罚款数十万。父亲不理解，为何他只是回家种植花树，罚单却无情追逐，有时一天收到好几张，他不肯缴一毛钱，决意宁可去坐牢。

我和先生疲于奔命，到处询问，找人帮忙，终于有位律师挺身，义务帮父亲跟台中市政府打官司。那些时日，我身心俱疲，真想告诉父亲，其实你的固执，完全不输给你父亲啊。官司意外打赢了，罚款免缴。然后，一九九九年，父亲以杨逵与叶陶的白色恐怖补偿金，在东海花园盖了一座家族墓园，买了一座货柜屋，紧邻墓园，每日看守。

然而，母亲却承受不住了。她十一岁时父亲被抓，成为人人远避的"政治犯"家属，二十三岁嫁入另一个"政治犯"家庭，暗影相乘，拖磨一生。那些时日，她经常偷偷到外面打公共电话，请求我们帮忙，快点想办法解决问题。

当时我不曾仔细想，对母亲而言，"坐牢"是一个关键词，我父亲可能去坐牢的想象，剧烈挑动她的神经，勾起童年时期半夜她父亲被带走的暗黑记忆。一九九九年，母亲终于住院，在荣总精神病房一隅，持续她蹲蜷角落的暗黑人生。

然后就是漫长的家族修复史。曾经埋下的暗影，不会轻易消散，除非你正面迎向它。然而，当全世界都叫你遗忘，叫你向前看，叫你别挑起伤痛时，你也只能隐藏起伤痛，隐藏起被这些话语所挑起的、撕裂的、更深剧的伤痛。

我看着母亲和父亲，被暗黑记忆与伤痛覆盖，生命逐渐荒老。我当然可以选择再度出走，但是他们又将如何？除了留下来陪他们一起面对"伤痛源"——杨逵，我没有第二条路。

家属，有时只是工具

大学台文系所、台湾文学馆陆续成立后，杨逵也成为众多台湾文学的"议题"之一，各种活动、出版、研讨会、数字化，我们总被要求以家属身份，义务提供史料，出席会议，为活动赞声。

但家属经常只是用过即丢的工具。即使父亲不断为台湾文史成为"显学"，提供他作为杨逵家属的剩余价值，然而，台湾学术界对于家属在推动的"杨逵文教基金会""杨逵文学纪念馆"，却鲜少闻问。他们想要史料资源，以成就计划与活动业绩时，杨逵就是公共财产，家属要无条件提供；然而，关于杨逵这个公共财产，如何超脱一个计划、项目、成果报告书，却乏人问津，因为那是家属的事。

二〇〇三年台中一场重回东海花园活动，父亲为了整辟一处干净清爽的"活动场地"，让来参加的贵宾舒舒服服，一个人冒着大太阳费力锄草，清理环境，结果伤害了肝脏。当然，没有人强迫他去工作，但是，说实话，也没有人关心他是不是去工作。参加活动的人，喜欢光鲜亮丽，喜欢创意噱头，而我父亲小小的隐微的自卑与善意，谁也不在意。

其实杨逵早已不合时宜

雪上加霜的是，其实杨逵早已不合时宜。三十一年前，他辞世时的历史场景，左右对决，大家都想从他身上割取片段，援为引文，批注他们自身。这些年，杨逵变得不合时宜，无论哪方，都开始挑拣他思想中的"不纯粹"；当然，还有更多人是完全遗忘了他。

但不管杨逵是什么，这又关杨建何事？二〇一二年，在美国，我深切感到父亲杨建的激动、焦虑、自卑。一九八二年，杨逵受聂华苓之邀到美国爱荷华大学访问，时年七十六岁；三十年后，杨建前往美国宣讲父亲的历史与文学，正好与父亲同龄，七十六岁。他的激动可以想见。

然而，时隔三十年，时空异变，就连美国台湾同乡，也多数遗忘了杨逵，或者把他圈盖在"非我族类"一方。我父亲面对那些海外台湾人，童幼时期的自卑心浮现，他努力准备，想要好好讲述"杨逵的文学与历史功业"，想证明他作为"杨逵儿子"没有失职。

然而，我默默观察，他总是吃力不讨好，在座多的是台湾文史专家，而他长期自卑，口才并不好。我劝说，爸爸你可以谈一谈你的成长历程啊，"白色恐怖"受难家属的痛苦经验啊，多讲一些故事，人家比较喜欢听。他固执地说，那都是痛苦的事，没有人会想听这些。

有时他确实打动人了，可是当人们问他，那你为什么没有走上文学之路，我见他又有些激动起来。别人不明白他为何激动，但我知道。杨建也热爱文学，最后之所以背向文学，是缘自杨逵坐牢的阴影，他体悟到"写作会死人，会坐牢，会害惨家人"。

六十几年前"害惨家人"的暗影，如今化变为无法直视的光环。父亲告诉我，当人们问他为何没有追随杨逵从事文学创作时，他很难过，因为他们似乎在说他为何如此不肖，为何一代不如一代，我说没这回事，他们不是这个意思。

然而，我何尝不知道，杨逵的光与影，织就天罗地网，遮蔽所有光源，"自卑"成为第二代的共同DNA，想不要都不行。他们是不断被检验的被动式存在。

因为你们的陪伴，我们才能看见光亮

我则是不甘不愿，又不能放手，背负家族行囊一生。我能力不足，志气不够，几十年来，在振作与放弃的两端，浮沉奔走。二○○九年，我以"最后决心"成立"杨逵纪念馆筹建委员会"，并向主妇联盟合作社申请十万元经费，举办三场"杨逵文学地景导览活动"，作为筹建"杨逵纪念馆"的暖身活动。我拟写了洋洋洒洒文情并茂的四页新闻稿，题为"我们有一个梦"。

十一月二十日下午，成立茶会当天，我们借了文化中心地下一楼简报室，我的研究生全员出动，加上家族成员，工作人员近二十人，还准备了丰盛茶点，邀请钟逸人、李乔、路寒袖等贵宾参加。茶会总共来了三个记者，但很快就陆续走了，最后走得一个不剩，就我们工作人员和来宾，自说自听。我含着眼泪，忍了一下午不让它掉下来，学生打包大批餐点回家吃时，也没有一点点欢喜的神色。

这条路太漫长，已经超过三十年。从二○○九年以来，我几度在崩溃边缘，曾经在电话中对着一直陪伴我、支持我的学生王信允大哭，他说已弄清楚成立文教协会的流程与细节，要找我谈，我哭喊着说我不行了，我做不到，我撑不下去了，我不想再管杨逵了。二○一二年在美国，这样的崩溃哭号重演，我的学生周馥仪安慰我，没关系，老师我们都会帮你，我们回去就把协会弄起来。

因为这些陪伴一直都在，如此软弱的我，才能在二○一二年岁末，把"杨逵文教协会"正式成立起来。

阿公，生日快乐

二○一六年，木星进入天秤，杨逵一百一十岁冥诞，因缘俱足，我十年前所写的杨逵生命史《永不放弃：杨逵的抵抗、劳动与写作》，历经漫长的搁置与重写，终于出版。而杨逵写于绿岛、几乎完全无法寄达的一百多封家书，《绿岛家书》，也在三十年后重新出版（首版，晨星出版社，一九八七年）。

前年，我受邀为台中文学馆的"杨逵主题展"规划展示架构，今年随着台中文学馆的正式开幕面世了，感谢策展团队，让架构成真。然后，在政治受难者前辈蔡宽裕先生的鼓励与牵引之下，十月十八日，杨逵生日当天，我们所策划的"杨逵纪念特展"，将在台北景美人权园区开幕。

而其实，我真正想做的，对我们家族而言最有意义的，是"杨逵家族艺术联展"。二〇〇九年，在成立"杨逵纪念馆筹建委员会"的同时，我召集家人，提出家族艺术联展的构想，也规划了若干细节。同样搁延许久，今年终于梦想成真。

台湾社会集体对文学家后代的过度期待，以及对政治受难者家属的长期漠视，使杨逵家属长年处于幽暗自闭的生命情境。创痛，需要通过各种内/外对话，方能疗愈。多年来，杨逵的家属们，以各种不同的艺术形式，展现受难家属的多重生命情境，如伤痛、恐惧、自闭、孤独、坚毅、觉醒等，不仅彰显他们自己的人生处境，同时也与他们的父祖杨逵，与台湾历史，进行多向度对话。

杨逵幼女杨碧的手工花艺，以"我怕别人怕我们"为题，具现她与杨逵在东海花园种花、卖花的生活情境，以及自己一生的恐惧与救赎；女婿陈景阳，以杨逵与叶陶为题，营造叙事性、生活感的水墨图景，建构他心目中的"东海花园"记忆图像。

杨逵次子杨建，以水墨玫瑰，与杨逵"压不扁的玫瑰花"的精神意象进行对话，他甚至将《和平宣言》刻在家族墓园里，作为全家族的墓志铭，还以毛笔小楷，一遍又一遍誊抄《和平宣言》，仿佛在想象、临摹父亲当年的心志。

第三代杨静，以复合式媒材的跨界艺术形式，展现自身的世代感，以及东海花园的生活记忆；因为东海花园本身，正是"复合式"生活美学的具现，出生于东海花园的杨静，最适合以此展现她与出生地的生命连带感。第三代杨曜聪，擅长手工艺，他以芦苇、竹片、木料、报纸，制造土砖、竹管厝、蓄水池、橡皮筏、邓伯藤棚架等，再现东海花园故居的生活空间。

至于从小颇富艺术天分，成长后被学院理性思维斩断飞翔羽翼的第四代魏扬，我告诉他，我会建置一个平台，展示他洋洋洒洒近三十万字的硕士论文，题为《太阳花盛开后回看躁动年代：青年社运行动者社群网络的生成与实践（2007-2016）》。他以自身的社会运动实践经验与观察，与曾祖父杨逵进行跨世代的社运对话。

家族艺术联展定名为"我们在'东海花园'的那些日子"，应该是台湾首度以"作家家族"／"政治犯家族"的形式，进行跨世代、跨艺术媒材的对话吧。最大的意义，在于其中跃动着家族成员的生命史，充满鲜活的故事性，以及跨世代家族成员的多重对话性。

我想捧着这些，推开东海花园的老旧木门，告诉阿公，我回家了，生日快乐。我们都回家了，但不是回去那个父族的国度，而是那个可以安顿自身的居所。那个最简单的原初，那个必须点煤油灯，必须从很远很远的地方挑水回来，那个当世异域。在那里，我们都会安静地长大，平静地老去。

注：夯，指受欢迎，很流行。

杨翠

东华大学华文文学系副教授，
著有《最初的晚霞》《永不放弃：杨逵的抵抗、劳动与写作》等。

红蟹踟蹰

陆珊瑚 / 文

谋生年纪不同，红蟹的挑战从出生就开始。初有意识即是漂流，浮游于潮间带，集体而孤独地等待着陆机会。能顺浪上岸的幼蟹是幸运，本能地知途，沿淹沙隙匍匐上坡，从海滩跋涉数里回返亲族所在的丛林。

成长即归乡，我常想那些幼蟹回返丛林后是否仍保有孵化前的记忆，但无论是否挂怀，来年它们一样跟随群体迁徙海滩繁衍下一代，年复一年，不知它们怎么看待这片海。

M说清早来海滩看红蟹产卵，水浅，浪大，抱卵的蟹群抵着浪势，像舞，怀着使命拥护。

M说她们也正考虑怀孕——

"希望你能当我们小孩的干妈。"

海蓝色窗口晃了晃，字浪打来，与M的关系猛地挨近又撤远。怎么有此念头？

"三十岁了，我们都担心再过几年就生不出小孩。"

"而且这里借精规定比台湾宽松，没有'已婚''不孕'这些条件限制……"

"当我们都老了，还有小孩可以倚靠。"

当我们都老了——不能确定M口中的我们指什么，不确定M的怀孕念头是否早在动身澳洲之前即萌生，她赴澳洲前我们还一同看了《我和我的T妈妈》纪录片，影片里的母亲喃喃"生囝仔是以后较有倚靠啦"。那时M即问我是否会想要小孩。

这问题早在高中她就问过，包括澳洲打工旅游的念头。初识M于高一教官室，她顶着一头惹眼红发，一双眉眼非肃即漠，即便那发隔天就被迫染了回来，但那发间的姿态——那短瞬张狂、熠熠生辉的红已攫住我。忘了是谁先释了善意，可能只是调侃或只是默默递出一支理解的烟，忘了是谁递向谁，平白于借来的火，以为彼此互懂，懂这升学压力下的不羁可能，回想起来其实黯淡，大学我续留新竹M则北上，各自面对生活起落，十年繁梦，只在失眠时汇聚问候，听M谈胆识，谈一切理性的弱点，确实许多时候她比我更早自觉，亲密与理解本是不交集的维度。毕业后原以为M会回新竹工作，但是没有，M交了女友。

M瞒着我交了女友，震惊之余仍不免眩惑，想着我与M是否曾有可能而再也不可能的什么。

于是关心也别扭。

赶着打工旅游的年龄上限，M与女友双双辞了工作共赴澳洲。那时我工作失意，身心俱穷，闻讯我只表示她们实在无须凑这年龄的热闹。M没反驳什么，只称同样身为生活的劳动分子，她的选择与我投身创业的行径没什么不同：不存侥幸，不为逸乐，离开舒适圈不是愚勇。

想亲眼看看印度洋，后来M只这么说。

嘴上心上皆反对，仍在平日请假至台北某家电行取了特制的二百三十V澳规插头三人份电锅。回程走着走着就下雨了，抱着沉重的电饭锅流连陌生街头，窘于腾不出一只手为自己撑伞。

并没有请假去送机，即使真心祝福。M赴澳洲数月后我们才恢复联络，M依然是从前的M，我认识的M，易于感伤又坚毅的M，依然热切地谈着权利，生动的生存权、劳动权与幸福权，依然担忧权利间排挤的眼光——即使耳闻澳洲婚姻平权观念较台湾地区普及，然其同性婚姻法案的废立亦是争议不断。

而她们终究选择隐瞒。后来才知她们初抵澳洲十分辗转，两个月后才确定打工地点——是个远在澳洲外海、接近赤道、为印度洋环绕的保育岛屿，有着好节庆的名字"圣诞岛"，岛上以红蟹保育闻名，每年雨季，数百万只红蟹从丛林迁徙至海边交配，蟹势汹涌而至染红整片海岸，后继的观光潮更是滔滔不绝。M与女友搭上这潮流于岛上一家餐馆落脚，老板是马来西亚华人，同事们全是台湾背包客，众人皆以华语沟通，大概也始料未及，想M行前还恶补英文，我笑她完全没体验到澳式生活，她笑只是过生活，来澳洲前早有心理准备。

后来收到明信片，蟹群与印度洋，强烈的红与蓝，相逢竟感刺眼。翻过面我才发现另张明信片叠粘，两只热带鱼邮票背贴着背，执拗的游姿。沿着明信片边缘小心撕开：是珊瑚，无边的海底美景——M也寄给她的母亲，即使先前曾听她抱怨赴澳打工遭家人强烈反对。

海面海底，我不清楚M的家人是否知道她的感情关系了，这部分M从未提过，我也纠结于问。鼓起勇气打电话去M竹东老家，只闻电话线拉扯的嘈杂声。后来又打了数次才联系上M的母亲，浅浅提了M近况及明信片，听不出情绪声线，M母只留了我手机号码，说有空来竹东玩。

那是一个热衷宗教的女人，为争取自由不惜抛家弃子的女人，沉默离家又沉默回返家庭，电话声音听来十分寻常的女人。M提起母亲轻描淡写，这话题我们仅在初识时聊过，欲详只得"请别过问我的保护色"的回应。这使往后我即便感知什么也再没多问。

猝然的界线。赤道的阳光那般没有防备。

社群照片里的M晒得好黑，手中捧着数十只甫出生的幼蟹，剔透如水晶，仿佛过于呵护就要碎了的生命，却是强噬弱，为了生存，会同类相食的生态系。

一如人的社会性，透明的保护色将随熟龄转深。M正准备成为另个生命的母亲。

"因为我们无法透过婚姻保障彼此，想借下一代产生关联。"M说避免人蟹争道，当地政府在通往海岸的路上实施交通管制，保护红蟹能够安全抵达海边繁衍后代。

"我们愿望、争取的不过如此……"

那是被保障好繁殖的一条路，但不能保障出生后的安稳。孵化后的幼蟹在海里载浮载沉，甫出生即面临环境的严酷，即便能顺利着陆，从海滩返回丛林的成长之途才是遥远艰辛——人的恶意——我不知道M想要孩子时是否思虑到这层了，即使她口口声声说她们绝对有能力抚养一个孩子，能给孩子正确的价值观，能对这社会有一点贡献。多么动容，也多么遗憾，海滩上满是等待孵化的蟹卵，埋伏又张扬的心理。

或许理解M想要孩子的理由不为抵抗什么，只因澳洲的借精条件比台湾地区宽松。澳洲法律认定怀孕属女性身体自主权，未婚女性可以借精怀孕，孕妇亦有权单方面决定胎儿去留——能单方面决定另一生命的生，与不生，能不受配偶关系束缚。凭着这权利，身边正打离婚官司的友人亦打算离岛堕胎。

凡未能实现的出行皆能实现了，出游出差出嫁出生，比出柜容易，年前听闻同志婚姻合法，直觉是岛外新闻，当所有人纷纷换上六色旗帜表态支持，我仍没有跟进，仍觉与大众疏离。

如同红蟹迁徙的观光潮，时间过去，一切悸动终究只系乎当地生态。

一切不过求生与交欢。

唯知是自己漠然。即使不应付话题，久处异性居多的理工环境恒常独身且持中性装扮，无甚花絮就也添算了花絮。所有人皆认为我是圈内人。初与M女友会面，她也避开了M好奇发问："所以你喜欢的类型是T、P还是不分？"

分类总是这般贸然且令人疲倦。如同精子银行详列人种学历性格疾病史，一个合乎繁衍条件的人，婚姻市场的物竞天择，当我这般审视自己，审视自我能够受孕的器官、体质、意欲的生活方式及自我价值，尔后听母亲说母性、天性、本能，只感莫名悲哀。

母亲总以劝勉语气要我别排斥婚姻与小孩，知道她其实是担忧，担忧我晚年没有倚靠。

只是以倚靠衡量情分实在令我生愧，无分亲疏，人际间习以为常的相伴其实寡情，我不婚的念头在母亲眼中只是任性，母亲不理解但是包容，包容我像需要倚靠的孩子与她一同过活，想母亲在我这年纪已生下我，养大我至能抚养另一人的年龄，正值婚龄的我只是淡漠，旁观友人陆续结婚生子，开始收到"冷冻卵子等幸福"广告传单。

倘若印度洋结冰，那些蟹卵就能永远保存下来了吧。如果生命延续有什么吸引我的，我只羡慕那种蕴含，不致流徙惶惑，无须背负生而为人的责任与情感。

社群照片里的M晒得好黑，蓄了长发，与女友正学浮潜。

与M认识的年头亦足养大另个青春的自己。

海滩重复养大新的生命——我没来由地为那集体恐惧了，逃开青春的感受以后，往昔以为相熟的面目也丧失。仿佛被催促成长又不甘心的孩子，目送M自觉地加入繁衍的行列。

M设法怀上的，我只想着释然。犹如蟹卵释浪，感觉身体迭代，一切孵化前的记忆，想母亲的婚姻生活即是我的童年生活。

记忆中的童年在市场猪肉摊过，那些年贩余的肉全由母亲料理，生活是仰看砧板上的菜刀起落。那些年于猪圈漂烫拔毛，也从赌场牵了条看门狗，舔完猪血即往人胯下钻。狗殁后，童年的猪肉摊也转租了，家族第三代事业，分家后各自没落。

那些年看尽一切兴衰，一切人工、耗费心思的安排，如同一直无法顺利着床的胚胎。分家前母亲一直渴望再添个孩子，中医西医大大小小的妇产科，身心万般折腾，终于在四十岁传了消息，向庙里求来的。那时我跟着母亲一边还愿一边采买安胎食品，不确定自己想要妹妹还是弟弟。

知道母亲希望是弟弟。听闻母亲怀孕，我只感到更深的冷落。

懂事后常想假若我是男性一切或许就圆满了，母亲便无须为求子奔走，于家族内的处境或能更符合期待。

也总是在被期待后才始以自觉，砧板上腥涩的红，曾是腹内最柔软的那块肉，长成了持菜刀的手。

迟疑，不安。

既羡且疲，仿佛终于着床的胚胎。听不善泳的M说浮潜："水浅，浪大，搁浅在珊瑚上。"

"已经习惯这里的生活，暂时不打算回台湾。"

窒溺的午后意外接到M母电话，因不熟悉邮务，托我代寄包裹去圣诞岛。

"我只知道她有你这个朋友。"电话那头说得拘谨，委婉。

离开公司已经九点多了，从市区往竹东的路，是日日上班的路，一径往山里深入，冷清荒僻有如幼蟹回返丛林的成长之途。我从未去过M竹东老家，尤其M不在台湾，这赶赴的心思徒显荒凉，代替M探望家人的念头使我怀抱天真的使命感，却是行至半途才想起忘了带上M寄给她母亲的珊瑚明信片。

终究是错寄的心思，按图索骥仍迷了路。甫弯进M家巷口只见路灯下一屏掩烟的影，我认她亲，她识我疏，久候显倦的一张脸在烟雾中吁长了气，笑得比我还要歉然——倘若再见到M或也是这境况吧——这各自演绎的重逢，如此倚靠而生的亲密竟是沮丧，木然从M母手中接过一大箱生活补给及五斤她自己做的草仔粿，不知还能说些什么，我俩只是不断互相道谢。

而我不忍告诉M母那些草仔粿无法保存那么久，无论海运或空运。

恍惚踏上归途，这日日往返的路，亦是岁月指引的常途，犹如蟹卵释浪，我并非不清楚当年母亲想再生个孩子与我做伴的念头，只是那份牵挂我直到这年纪才懂，懂得那长久的牵挂，可能在多年以后走上同样的路，探望M与她们的小孩。

如果世间一切情感皆能言谢释然就好了，M那边的雨季应当已经结束，徘徊我心的蟹步仍然频频反顾。

陆珊瑚

任职科技业，曾获若干文学奖。

踏遍万水千山，总有一地故乡

4

第四章

行走于纷繁的世间，走过很多路，见过很多风景，原以为外面的世界会更好，回过头却发现，每走过一处，心底反复出现的，依然是家乡的碧水蓝天和皓月星空。许是年岁渐长，每想到"故乡"这个词都会有点伤感，眼下的万水千山里，究竟哪里才能算得上是故乡？

• • •

老家面店

张郅忻 / 文

　　小镇里许多看来不甚起眼的小吃店，开业已久，有些已接棒第二代，甚至第三代。譬如火车站前的鸭肉面店，没有招牌，只点两盏红灯笼，灯笼亮，表示今日有营业。初看张艺谋《大红灯笼高高挂》，我脑海里闪过的是一碗热腾腾的鸭肉面。老板娘今已退休，多数时间待在二楼，店内由女儿们掌厨。又如市场伯公庙旁的馄饨店，父亲说他儿时来吃时，是老板的母亲煮食。老板害羞不多言，却爱唱歌，店里播放他亲唱录制的闽南语情歌。他的儿子是我小学同学，偶尔在店里帮忙，算是第三代。

　　老家面店因第二代以后无人继承，歇业已久，但应算是这些面店里最老资格的。"老家"是昵称，并非原名。印象里第二代老板与老板娘，辈分与阿公阿婆等同，可见第一代又可再往前推算二十余年。老家之老，因而得名。本名实为某某饭店，虽只有一楼店面、几张圆桌，然若汤面不足，还可点几盘拿手菜，如姜丝炒大肠、客家小炒、卤猪脚等，就半世纪前小镇而言，称之饭店并不为过。儿时的我来此买面，老板娘六十余岁，风韵犹存，煮面时顶着刚吹整好大波浪卷发，双唇两抹艳红，白皙略丰满手指挂戴金戒，指甲涂满色泽饱满鲜红指甲油，简直是"小镇尹雪艳"。老板脸挂一副金边眼镜，阔嘴方脸，右眼一道浅疤，掩不住的江湖气。店内浅蓝墙面已斑驳，外头招牌磨损，尚能辨认"饭店"二字。老板夫妇一前一后站在店内，宛如退隐江湖的神雕侠侣。

　　老家面店对于我家的重要性，是其他小镇里的小吃店不能取代的。阿婆是长媳，日煮三餐，太婆（注）与阿公都是不喜外食的人，若真无法煮，只有老家的面可以暂时充代。对于阿婆而言，难得不需煮食的几餐，都仰赖老家的面给予她一点喘息时间。老家的面究竟有什么傲人之处？它的汤头浓郁，少许黄油浮现热汤表面，用的是油面，撒上大量韭菜，小锅煮沸，倒入底窄口宽的碗公，切几片猪肉叠置其上。煮面的大锅面对马路，靠墙有两顶瓦斯炉，煮炒皆可；煮食区与座位区隔着冰柜，上方透明柜摆放鱼肉、花枝、蛤蛎等海鲜。店内左侧摆放方盒状不锈钢架，里头有海带、卤蛋、油豆腐等卤味，卤汁浓度像是开业以来就日日卤着般。太婆唯一接受的外食是老家的面，原因即在历时多年的味道。太婆平日所食不过几样，蒸炒小鱼干、拔丝地瓜叶与一锅姜丝煮碎猪肉水，天气转热则另煮一锅绿豆汤。再精致、昂贵的食物对于太婆而言，都不敌这几味来得亲昵。她的食习根深蒂固，老家面店因开张甚早，是她年轻时即接受的味道。太婆过身后不久，老家面店第二代年纪也大，第三代无意接手，从此歇业。没有太婆紧盯三餐，阿婆的煮食重任也稍稍卸下，小阿姈接手阿婆在厨房里的部分工作。厨房里朝代兴革，就此经历一轮。

　　老家的面比别家价格高一些，面量充足，三人分食两碗即可。阿婆算准数量，由我负责跑腿外带。虽只有两条街，塑料袋承重在我指节留下暗红勒痕。有时不免埋怨，身为长姐总得比妹妹们多担待这些跑腿的工作。黄面在塑料袋里吸水膨胀，失去店内享用的弹劲。即使如此，因太婆习惯在家用餐，我们大多选择外带。等待时，我偷偷窥探店内客人的圆桌，油腻鲜亮热炒、香味四溢卤味，大人们前方多有几罐冰啤酒，孩子前方则是苹果西打。

　　少有的内用经验与大学老师有关。大学暑假返家，一位教授哲学的老师北上参加研讨会，特意搭电车来小镇看我。老师姓邱，老家竹东，离小镇不远，算是同乡。留美取得博士学位返台后，他离乡在南方大城教书。据他说，初教书时，学校附近都还是菱角田，四顾苍茫。我已是他的末届弟子，校园周围早已是高楼林立、车水马龙，老师朦胧的眼睛里有我望不穿的过去。我因申请台湾科技管理机构计划，提到从小熟悉的客家祠堂，引起老师的兴趣。老师是客家人，然族人四散，未设祠堂。此番造访小镇，除探望学生，更想看张家祖祠。我们不知该如何招待，小叔叔提议到老家面店。几碗汤面、几盘热炒，围坐圆桌。老师年纪只小阿公一些，七十上下，阿公直说不好意思小镇毋么介好招待，老师则不断回好食好食。我不知道老师是否真喜欢这味道，最终碗盘皆空。

席间，他对阿公说，想为家族盖设祠堂，他的父母分葬不同处，期盼团圆。后来，老师随阿公到祠堂走逛，便搭火车离去。毕业后，我写过几张教师卡寄至系上，之后不了了之。老师还教书吗？祠堂盖好了吗？时日渐长，愈不知从何联系起。老家面店因租赁他人，面貌改换几回，仅存上头被遮掩、淡去，依稀浮现的"饭店"二字。

   注：太婆，或称婆太，客语曾祖母之意。

张郅忻

曾于《苹果日报》撰写专栏"长大以后"，著有《我家是联合国》《我的肚腹里有一片海洋》。

夜巴

林禹瑄 / 文

行旅路上，所有移动方式中，我独偏爱夜巴。

偏爱的且不只是夜里行路的诗意和矛盾。理想的夜车载体必得是巴士。飞机太遁世，高速高空下，移动遂如搭电梯般失去了真实感；船开在无边海上太野，火车走在轨道上太规律，舱等车厢分级下人又显得疏离，唯有巴士对所有乘客一视同仁——窄小座椅、隆隆引擎、微弱照明、单调窗景，一样的残忍和宽容，曲曲折折漫漫长长地驶过黑夜，每次颠簸磕绊都完整保留了在路上的本质。

还住台北的时候，因为种种当时觉得要紧如今都不复记忆的缘由，每逢假期总迟至最后一刻，才搭深夜的客运往返台南。智能型手机还未盛行的年代，车里车外都无风景可言，只有连字幕都看不清楚的小屏幕，一路不歇地搬演着可有可无的俗滥电影。大多人一上车埋头就睡，鼾声此起彼落，独留因情绪过载而被迫清醒的我，一边数算发亮的地名，一边沉淀各种奇异的心事。那几年的生活总感觉像在人群里被推搡前进，打工、恋爱、应付考试，终日忙碌又惶惶不知所往，只有坐上客运的那几个小时，才能把自己放心地摊在黑暗里，暂时切断与世界的联系。暗夜公路上，城市的灯火都离得很远；光影流过我，却无法将我穿透。

而今想来，到远方旅行的念头，也许就是在某次夜间客运途中，模模糊糊成形的吧。一开始坐客运是因为抢不到火车票，也正好省钱，后来开始工作，手头渐宽，却也极甘愿舍弃高铁明亮轻快的车厢，多耗费两三倍时间将自己困在漆黑的巴士座位上，人虽静止却犹在前行，虽彷徨仍尚有去向，从紧凑日常里撑出一点间隙，慢慢琢磨更久远的未来里，行路和方向等难解的问题。

多么像是每趟旅行的本意。

出了岛之后，夜车旅行的时间又拉得更长。广袤大陆的夜晚公路上，多的是动辄七八小时的长途巴士，日落后出发，载着一车摇摇晃晃的梦境，在沿途大小城镇的睡眠里走走停停，抵达目的地的时候正好天露微光。醒在崭新的一天崭新的城市，此前的挫折、龃龉、寥落都可以彻底抹去，人生加倍充满希望。

当然都是过于天真的想象。旅行再走得长一点，鞋底再磨得薄一些，残酷扎人的真相便逐渐显露出来。真正老练的旅行者，除非逼不得已，对过夜巴士大多敬而远之。原因倒也不难理解，以观光角度来看，夜间巴士除了价格低廉，实在也找不到其他好处。外头景色总是迷茫一片，连经过哪些地名都看不清楚；以为在车上过夜可以省下住宿费，却被僵硬狭小的座铺卧铺弄得颈酸体乏，还没看到新，人都已经旧得不堪，下车之后景色再美好，也不比一张软床和一个热水澡来得诱人。

况且身在路上看似无边无际无所畏惧，陌生的国度里其实更常是无处不戒慎恐惧。语言不通下，尽管手里握有票根，巴士究竟开往何方，直到落站前一刻都依然成谜，遑论一路浓浓夜色迷离又苍茫，遇上各种光怪陆离皆有可能。低成本惊悚片最爱用深夜公路作梗，香港电影里过一个隧道全世界就只剩下一台开往大埔的红VAN，关于旅途噩运的想象便更加鬼影幢幢。现实生活里，我曾不止一次听从南美洲归来的旅人，叙述荒凉公路上遭到地方恶匪或反政府游击军威胁打劫的历险故事。行路至此，搭夜巴已不只是舒适与省钱之间的选择，而是近乎以命相陪的一场赌局。

以上种种说词，在听闻从黑山首都波德戈里察（Podgorica）到科索沃首府普里什蒂纳（Prishtina）的交通只有一班夜巴可搭后，青年旅馆里怨声载道的一众背包客又吵吵嚷嚷地对我复述了一次，最后再不可置信地补上一句：你怎么会喜欢夜间巴士？

怎么会不喜欢？我反射性地回答，支吾几句却凑不出个足以服人的理由。

关于夜车的记忆想来都是极琐碎的，像窗外那些沿路幽微的灯火，散落在半梦半醒之间，经过的时候难以辨认，隔一段时日回望，才显出指路的意义来。比如法兰克福郊外，午夜独自守着一爿破旧售票亭的老妇人，从小窗口里探出被泪水晕开的灰色眼影；比如在克罗地亚终于等到最后一班夜车出发，临走时对上一起在车站角落坐了几小时、正准备就地入睡的一家吉卜赛人的疲惫眼神；又比如从香格里拉到昆明的巴士上，下铺年轻女孩断断续续对手机另一头讲了一夜伤心的话；或者从挪威西海岸回奥斯陆一路下着雨，凌晨忽然醒来看见湿漉漉的夜色，路灯在窗上折射出惨淡的光芒，一时还以为回到最低谷那年，身处台湾清明梅雨季黏腻的车阵里……

夜巴驶过这里那里，所有地方的夜晚却都是一样的长相。四周黑到了底，生活最阴暗的部分便可以无所顾忌地摊展开来——发臭的鞋袜、充满汗味的胳肢窝、鼾声、梦话，当然还有挫败的情感和游移不定的心。一边排遣，一边且还能煞有介事地安慰自己，过了这夜，下了这班车，一切终将有新的开始；经历了最苦最艰难的一程，眼前终将一点一点明亮起来。

又或者不。倘若事事尽如己意，大概也就不是这样搭夜巴的命了。我一直记得那年第一次搭长途夜巴，从明尼苏达暴雨的空城出发，经过钟爱诗人译名的陌地生，要前往当时看来远在天边的芝加哥。票价不过十美元的车班，途中别扭不适自然不在话下，好不容易熬到云破日出，路旁楼房渐多，众人正欢快地打电话联络亲友收拾行囊，忽然一个震动，巴士紧急刹车停了下来。

是爆胎。之后的几个小时，司机以疲惫的声音一次次重复。窗外的天色渐放光明，人们纷纷醒转上路，反倒走了一夜的我们，坐在愈加闷热的车里动弹不得，望着来来往往的车潮，忍不住怀疑自己是否就要被永远留在世界的反面……

往后的日子里，每每搭上夜巴远行，想起这节，仍然弄不清总是不务正业的自己，究竟是单纯的乐于自讨苦吃，还是从那一刻起，就顺势在世界的反面待了下来，从未离开。

林禹瑄

自由撰稿人，曾获时报文学奖等，著有《夜光拼图》《那些我们名之为岛的》。

拙劣的伤逝

林俊颖 / 文

我们在机场租了车，直接开往西礁岛，如同朝太阳射去的箭。

日头下的大海苍茫，海平线触手可及，海上的青天白云，也是弹指可破，两者强光相互欺凌，形成一种美丽的恐怖平衡。面对如此无边无际、单一的庞大一小时两小时后，自我被压挤得干扁，如一张锡箔；万一海天变脸，抖进海里喂鱼吧。满好的结局。新旧的七里桥仿佛奇门遁甲的两条通天绳索，汪洋上扯得笔直，车行其上就像摄影机在轨道上前进，镜头却往后缩，整个人给青天碧海魇住。许多年后那魔力还有余威催生这样的梦境，我立在伸进稠胶海中的断桥上，鲸豚绕着我洄游，轻盈跳跃到半空。

经纬度不同，但相同的天气，星期天的南下火车满座，自愿站票的一大半是外籍移工，年轻男子多有加穿一件长袖衬衫，时髦还是防晒？难得有一个空位，台湾男子比了下手势，问一袭粉色衣裙罩着全身盖头如从一千零一夜走出来的穆斯林女子，要坐吗？她谦抑回绝："等一下有人。""有人再起来就好啦。"男子笑着落坐，才几分钟后，座位果然被讨回。穆斯林女子矜持，双眼垂视，她比台湾人更了解周日的火车生态。

我转区间车到高铁站与六位老同学也是室友会合，再转接驳公交车去主办聚会的老同学家，连栋透天厝正对着小学操场，围墙内几棵两米高的面包树，落果拣来煮汤，清甜，种子咬开食那种仁有几分像水煮花生。

老同学兼室友相聚，谈忆的理所当然全是旧人旧事，我们伸入以前的水潭，泥沙与落叶沉埋，游鱼与泥鳅吐着气泡。像照镜子，我看见他们的椒盐般发色、鬓边手臂上的黑斑，脑中自有一片镜面，叫出他们十八二十岁的参照图像，那是年龄的馈赠，毕竟都是相对安稳的教职，进入后中年都有种怡然放松。

纱门纱窗的两层楼老宿舍，天花板没有电扇遑论冷气机，贯彻了"无用之用方为大用"的古老理论。为供给群体最大量的空间运用，所以不隔间不给隐私，公用浴厕，仿军事化管理，双层木床铺，一人配给一方木橱一张桌，一双层小书柜，脸盆放床下，毛巾挂床前，考验彼此的包容度。那也是经济起飞的年代，形同剥夺自由的宿舍少有人能够忍受，月租费两百元成了最大的诱因。

仿佛骑楼的走廊，磨石子地与栏杆，白天是清凉地，夜深人静时，亮着黄灯泡，远望有如煞戏后的戏台。能够记得的实在不多，工友兼舍监老蒋的住处一如日后的哈利·波特就在楼梯下，墙壁上是各室的电源开关与锁匙，我们是那年纪的无心肝视他如隐形人，只在准时熄灯一暗时喊他一声以示抗议。

记得的都是无意义的琐碎。窗台下拉着一条铁丝，挂满了一位日后服役时车祸死亡的学长的黄色袜子，因为节俭加上神秘的心理因素，他只穿黄袜子，积满一脸盆一次清洗。早上太阳晒进纱窗来，光里汹涌着丝絮与微尘，操场铺砖红色跑道有人晨跑，堤防外的醉梦溪来年台风暴涨将带走强行走上道南桥的两条年轻人命，呜呼哀哉。寒流时，我们在昏暗中聒噪着弄一个烧炭火炉，幸好还有起码常识，门窗不能紧闭，否则翌日一屋子全中毒死。是的，我们在熄灯后呱呱地清醒起来，万千年前的穴居人，嘴巴喊饿，手持钢杯泡面，心里向往另一具肉体。某日，兼差卖书的学长丢来一本照相排版的古本《肉蒲团》，木刻楷体字，那才是魔法奇书，召唤出每人心中的未央生夜夜蠕动，在那以矜持压抑而自持的年岁。一学年后，像未央生的顿悟因空见色而自宫，奇书消失，烦恼灯灭。又二年，寒假结束，我进宿舍，发现靠墙多了一架书排得嵯峨，其中一套上下两册《今生今世》，我抽出翻阅，就着暮色很快一一看完，有些雪夜读禁书的刺激，未免迂腐地想，真是人心险恶啊。

同代人不同条命，逻辑甚为简明，这虽是我浅陋的演绎，然我始终抗拒又疑惑那潜意识是恋慕幼态的彼得潘症候群的年级说。无须阿冈本之文"何为同时代？"那样高亢的陈义，我们不过是各自选择各自的道路，不管有多少的热爱或盲目，为永恒的时间与生物时钟的大力驱赶上路，因此我们对那些纯是意外而过早停止的生命耿耿于怀，他们绝非那种狂乱痛苦的异质灵魂，所以我们不仅是物伤其类，更多的是疑惧他们未及行走就被死亡的野草覆盖的道路，会不会是另一种可能？同是庸众，多年后终将证实，有没有另一条出路并无所谓。

后中年、日渐往死亡明显位移的我们相聚，如同往昔吃喝一场，笑语一场，谈及几位早死的同代人，连伤感都不必了，竟然像吃蛋糕刮去最上一层的奶油花饰。

让他们遁逃梦里去吧，一如伸进大海的断桥，洄游四周且轻盈跳跃的鲸豚。

以前的宿舍早已尸骨无存，确切时间是二十世纪的八十年代末；隔着大片老蒋龟背蹲着总是整理得非常整洁的草坪与七里香矮篱，我偶尔发呆怔看对面自强一舍的窗户大开，响着流行乐，暂借的空间，物质壅塞，一二人仅着内裤痞痞地晃荡，躯体有如豚身毫无皱折；"如何让你遇见我在我最美丽的时候"，女生则努力传诵这诗句。漫漶雨季，我迟归，远远看着黄灯泡浸染的走廊，散戏的舞台。整个校园在夜雨里像种子在发芽的花床，唱过了清新却一样软绵绵的民歌，也听过了掺了大量化学色素般的迪斯科，更看了好莱坞电影

《超人》《星际大战》，那观看意义不啻朝圣帝国。湿气黏人可憎，我确实知道自己无可救药的贫乏与彷徨，只有继续无耻地以为青春可贾，继续贫乏与彷徨，无视外面世界海阔水深。所幸彼时尚无人渣鲁蛇（注）之词。

也是贫薄心理的投射吧，那位我们背后称为老张的侨生学长，据说服完兵役落脚南方却随即意外暴毙，我在梦中的昏黄宿舍走廊迎面见到他，擦身，他潇洒又愉快地快步下楼。纵浪大化，果然逍遥。

桃园中坜是外劳移工下车的大站，站台边堆放着一丘生锈得黄褐的铁轨，任由日晒雨淋，我迎视旺盛的紫外线看着，是待用是被遗忘？还是报废的劣材？还是再无所用的剩余？日光酷烈，审判法庭该有的精神，我觉得那生锈铁轨是适用任一同代人的隐喻。

注：源于台湾PTT网站，"Loser"谐音。

林俊颖

专事写作，著有《大暑》《我不可告人的乡愁》《盛夏的事》等。

鱼蛋秘行

谢晓虹 / 文

　　你在U二〇一号地铁站内，朝写着猫星街的指示牌走（事实上是不由自主地被人潮推动，你必须在被淹没前，及时主动选择继续前行的方向）。你的身体被电梯带动上升，你渐渐听到了纷杂的人声里传来有些走音的过时流行曲；混浊的空气里几乎什么气味都不缺，但仍有一股怪异的臭味脱颖而出。除了耸动的人头以外，你最先看到的，是几乎遮蔽了天空的低垂招牌。你很讶异，理发屋、书店、影音铺、大卖场像是一束乱七八糟的残花被捆起来，同时呈献于你。街道上的人纷纷出现了——唱歌的是一个像你父亲模样的中老年男人；有一个人正在地上像陀螺一样旋转，另外一个人伸出双手，仿佛正在用无法看见的线拉扯着那个人形陀螺。旁观的年轻人神态调皮，他们的头顶树立各种兽类的发型，以廉价衣物把自己装点得尖锐耀目。很多人手上都拿着一种冒烟的小食，一枝竹签上串着好几颗黄澄澄的丸子。你看到竹签的尖端，像利器。一个装了假睫毛的少女噘起嘴唇向它吹气，看起来既挑逗又富有挑衅性。

　　你心里一懔，知道他们手上所持，正是你要找寻的标记。这种南方濒海族群的小食，一些地方称之鱼丸，这里则叫作鱼蛋。你经过那些年轻人，没有发现推着铁皮或木头车的流动小贩，只有一处卖小吃的店面，仅够两个头发凌乱的中年妇女，缩起身体坐在那里。盛满油的锅子已冷，网架上堆满那种表皮炸成蜂巢的豆腐砖块（你终于辨别出臭气的来源）。一颗颗饱满的鱼蛋，却仍在两个滚热的深筒汤锅里径自沸腾。两锅鱼蛋颜色一深一浅，你按照一本书上的指引，指着深色那锅，说要一串辣的。一个妇人扬起眉，却没看你一眼，只是没精打采地拈了一串鱼蛋，沾满了茶色酱汁，搁在档前那不锈钢小碟里。

你默默拿起鱼蛋。如果有人此时注目于你，必注意到你吃鱼蛋的神情，比任何人都严肃。你仔细咀嚼，咖喱的辛辣和甜味满布你的口腔。你吃不出鱼的味道。当然，你早就知道，鱼——写意而非写实。虽说这种街头小吃，惯以面粉混合鱼肉打制而成，但临行前已有一高人告诉过你："若得其中真谛，鱼肉不过在可有可无之间。"

在一本摄影杂志上，你看过一帧黑白照片，吃鱼蛋的人独自站在行车天桥上，脸有一半掩没在一片云的阴影里。配图的文字说："鱼蛋属水，关乎流浪。女巫的坐骑是扫帚，它的坐骑则是竹签。吃鱼蛋的，必须舍一切桌椅餐具一切群体仪式，孤自一人，以无拘无束自由之姿态享用。鱼蛋不可无酱汁，必得个中技巧者，不为点滴酱汁所沾，而流露本来无一物的潇洒姿态。"

你小心翼翼的，把拿着竹签的手再挪远一点，好和身体保持距离，才伸长脖子又咬去一颗鱼蛋，却仍然难以避免滴下的酱汁沾到自己的手指。你急忙吮去手指上的咖喱汁，并禁不住担心别人的目光，然而，四下纷杂的环境是你最好的护身符。根本没有人注意到你的存在。

你听说，鱼蛋可谓H地的图腾，模仿罗兰·巴特笔法的那本《H地神话学续篇》不是说："街头可拈之物，当然不止于鱼蛋。然而鱼蛋轻巧，任竹签出入于无人之境，不若牛丸、墨鱼丸等紧实沉重，不易为签操持。比之其他丸类小吃，鱼蛋之原味也更为扑朔迷离，尤难追溯，竟直接以咖喱汁、甜酱、辣酱的载体存在。本体消失，也就更趋纯粹精神境界。"又谓："H地食品中，以金黄色泽、形态浑圆而闻达者不少，其中又以之酥皮香口之蛋挞与菠萝包驰名海外。不过，若论民间文化之象征，则皆不及轻如无物的鱼蛋。要知蛋挞与菠萝包虽然价格便宜，然而皆甜美梦幻；制作鱼蛋之鱼肉却本为鱼贩之剩余，弃之可惜。鱼蛋平淡无味，辛辣作为日常之调剂，更具底层个性。且两种甜品皆烤焗而成，只具青春火性，而鱼蛋却得先经捶打、油炸然后放在热汤中泡煮，千锤百炼，尤具弹性，可说真正具H地民众精神。"

你又看了一眼那些正在吃鱼蛋的青年，推敲所谓民众精神是什么意思。你记得当年H地最后一位殖民地长官热爱蛋挞，那人脸圆貌善，吃蛋挞时更常露出一张卡通人物似的滑稽馋相。殖民长官爱的是手工蛋挞，既是民间技艺，又是平民食物，无怪能博得好感。然而，挞，tart也，本就是舶来甜品，据说十四世纪已出现在西方帝国皇室饮宴上。殖民地以新法炮制，把殖民者的食品发扬光大，讨得长官喜欢，不足为奇。然而鱼蛋来自疍家渔户，其中未被归化的蛮劲，断不可以轻视。

《神话学》的句子继续在你脑里浮现："鱼蛋不足饱肚，啖之乃随兴之举，属消闲性质。消闲而不入商场店铺，可说犯了H地官商之讳。要知H地虽未征消费税，但税自在商品价格之中。官商巨头坐拥城中土地，更可不时填海移山、驱赶民户以充实之。一般小商户皆得纳高昂租金，而租金不得已必转嫁消费者。民众不入商场消费，即不纳地租。是以卖鱼蛋之流动贩子，在上者必恨之如同'革命乱党'，百姓却视之为'解放之士'，官迫民愈烈，为民者愈加爱啖。"

这时，你忽然想起美国独立战争以前的波士顿茶案。不是有人说过："既然我们在国会没有代表，国会就无权对我们课税"？你心里一惊，禁不住再咬下一颗鱼蛋，咖喱的甜辣之间，竟渐渐生出血的腥味。你瞥了一下四周，街道上的表演依旧，只有一个窄肩青年，手执两枝竹签，似有所动。你与他眼神交接，觉得目光何其锋利，竟似暗器飙向你的双眼。你把手按在胸口，感受到枪支仍在，才稍稍感到安心。

现在你把竹签丢到地上（你大概不知道这可以被罚一千五百元），再往前走，离开了人群。你渐渐注意到，老旧的屋檐下，站着的那些女子，纷纷向你抛掷善意的眼神。你立时注意到其中一两个，或许与你是同乡。你想起"鱼蛋妹"这个人们不再怎么提起的H地俗语。你下意识地盯着她们的双乳，浑圆而饱满，果真像软而有劲的鱼蛋。在被机器取代以前，鱼蛋师傅是如何用双手捏搓出一颗颗鱼蛋的呢？鱼蛋你没有捏过，但面团却是有的，搓揉的力度，你也记得。

你觉得有点累了，抬起头来，看到两旁大厦的窗口格外窄小。如果从那里向外望，会是怎样的一番风景？H地的夜色举世闻名，你还没有好好观赏过。前面的女人向你笑笑，好像对你说：何不先歇息一下？晚一点，你可以到楼下再拮一串鱼蛋，或者能从它隐秘的味道之中，发掘出更多有关H地的重要情报。

谢晓虹

曾获联合文学小说新人奖、香港中文文学创作奖等，
《字花》杂志发起人之一，著有《好黑》等。

麦民游踪

黄信恩 / 文

航班误点，赶不上末班高铁，我改搭客运，晃返高雄。

自从高铁通车后，我鲜少接触这类驰驱梦土的夜车。当意识混沌之际，车内便亮起灯来，原本预估五小时的车程，三小时半后，窗外匝道指示牌已写着："楠梓右线。"

距上次搭客运纵贯南北，已是八九年前的事了，那时我还是学生。客运会先在楠梓交流道下客，接着往高雄市区驶去，终了停在七贤路的麦当劳前。

由于路况过于畅通，使得原先"一觉醒来天就亮了"的盘算生变。这多出的时光如何打发？我想了想，不如先在麦当劳小食，天亮后搭首班捷运返家。

很快地，车子来到七贤路，转了两个弯，停下。然后司机广播："终点站高雄车站到了。"

"会停七贤路那间麦当劳吗？"我问。

"早就没停了！麦当劳也撤了。"司机说。

我下车，愣在熟悉而发黑的城里。此际，脑中空荡荡，徒存一件事：哪里还有麦当劳？

仰头一望，一具M型招牌，不偏不倚正对新火车站，黄亮亮悬天边，炽热燃着黑夜。

我拖着行李，朝M型招牌走去。那似乎是一种幽微的磁力线，牵引我，告诉我：来到一座城市，毫无头绪时，第一件事就是找麦当劳。

提行李，端食盘，我险些失重地拾级而上。这是我第一次凌晨三四点走进麦当劳。

来到二楼，选择一个临窗的位置坐下，观四方，此时的站前麦当劳比我想象的还生动。有进食、有嬉闹、有翻阅、有鼾响，全天候的生理时钟于此连贯摊展，好似机场转机时，旅人带着各自时区交错来去。

一位妇人，桌上与麦当劳相涉的仅只一杯饮料，其余尽是小说。她发丝略呈灰白，简单束了马尾，赤足盘腿而坐，脚趾不时蹭着，肤屑摩落，姿态有些失雅。这不见面目、专注书页的妇人，是怎样的身世？

四位有着移工肤色的男女，金链银环挂满颈肢，据一角，薯条倾倒一桌，拉扬嗓门，不怕被窃听，反正赤道国度的语言，岛上的人很陌生，放胆洪亮吧；但就在同一侧，几位男子，被欢乐的移工衬出身上的寒凉，他们或卧、或趴、或倚，以桌椅壁墙承载今夜梦寐。其中有位醒着，但魂神皆离，恍惚吞着鸡块与浓汤。他穿着破旧，长发纠结，胡楂蔓生，一只捆着空宝特瓶的麻布袋搁于桌下。他何处来？又哪里去？

而最显眼的大概是一位金发男，臃肿的长型背包占了一张椅面，里头填塞了多少游晃的日子？他滚着鼠标，皱眉，或许正规划日出后的旅程，流浪日记仍待续。

还有一群男孩，坐了几桌玩起扑克牌来，喧噪声不输那群移工。地上一包包行李邋遢地堆往走道，或许是在等头班列车，于此暂歇脚。

而儿童区的球池旁，此刻正传出鼾声，一双着牛仔裤的粗短腿肚，大剌剌从溜滑梯底座伸出。若无鼾声，心脏电击去颤器可能要准备了。

我想起有次过境香港。因抵港夜已深，而转搭之航班是隔日一早，这尴尬的转机时间，说明机场过夜之必要。但既然难得出外，就安心睡一觉，何必以一种保持警觉、随时醒来的方式睡机场？

后来我决定订旅馆，却发现机场附近房费过高。我心念一转，想着那么几小时，睡个觉，迅速经济就好。于是在agoda订了间旅店，二十四小时柜台服务，网络相片看来净亮，但地址在九龙弥敦道的重庆大厦。

关于这大厦，我听来的多是龙蛇混居、违章的负向说法。但我告诉自己，能在agoda网上供顾客检视下订的，应该经过认证，无须多虑。

搭上A21巴士，五十分钟后便抵重庆大厦。来到柜台，一个老男人向我确认订单。从他混着京腔的那种普通话口音判断，应该不是香港人。他要我押港币一百元。

"我明早六点退房，有人在柜台退我押金吗？"我向他确认。

"六点？没人。"他说。

"那可以将钥匙放回柜台，今天不收押金吗？"我又问。

"不行。"他告诉我，除非睡八人房宿舍。但别担心，今晚入住的都是与我年纪相仿的欧洲大学生。他带我看那间宿舍，门开，一群洋男洋女挤成堆，咆哮烂醉，四架上下铺的床把空间逼满了，睡上铺的只要起身，便撞及天花板。

"不行，我不能住这间。"我很坚决地拒绝。因为我不知道这群人何时熄灯，要求老男人按原预订的房给我。

但他语气上扬，急了，说："这不是五星酒店，还要那么早坐车来还你押金？"

"那我托香港朋友明天还你可以吗？"我说。

"钱退你，算了算了。"他像极赌气的小孩，将原刷订的房租退给我。并说，看我是台湾人，为我好，我原预订的房在别栋，那里住了很多印度、巴基斯坦人，无卫浴，晚上如厕得外出，很危险。

我向他解释，我不介意卫浴，只要睡一觉就好，澡在台湾已洗过；关于印度、巴基斯坦人，我住过一些青年旅舍，不是没相处过，无须假想人人皆恶远避之。请他照我预订的房给我。

就这样，在柜台僵持一会儿。时间已过午夜十二点半，我脑中想的是：如果离开这里，要去哪过夜？

很直觉地，浮现的念头是：麦当劳。

不一会，老男人说，有间附卫浴的房可给我，但得追加港币三十八元。不是已经说我不需卫浴了吗？按我预订的房给我有那么困难吗？我心中疑惑着，却忍住不说。也罢！费神解释多疲倦，睡一觉，从此不复返。

"小伙子，记得，明早六点，我在柜台等你退押金。要准时。"离开时，老男人重申着。

我来到这间房，门开，眼前的一切只有两字：恶心。这长型之房，窄得像储藏室，什么卫浴设备，仅是尽头地上一具阿拉伯蹲式马桶。墙上有洗手台，再往上是热水器，冲澡得跨在马桶上。这寒酸的卫浴，以一片半透明挡水布隔着弹簧床。无窗，无空调，只有一台小电风扇。

而那枕套、被褥、床单有洗过吗？整间房都和那老男人一样不可靠、肮脏、发臭、充满疑点。

那夜我不断控诉自己，为何当初要贪小便宜，让自己住得如此狼狈？七八千元的过境旅馆费支去，心割一下痛就过了，钱再赚就有。

隔日六点来到柜台，一片黑，只听见打鼾声。我敲敲柜台，无人接应。于是握拳，重击了柜台几下。老男人惺忪起身，拉开抽屉，口中碎碎有词，将押金退还给我。

"你很准时。"他说。

我没回应。

"小伙子，你很准时，我在夸奖你。再见。"他说。

我不发一语离去，带着愤怒与怨恨。我实在很难相信他有回家，为了退还钥匙押金一早坐车来。

步出重庆大厦，我竟感到自由，第一次觉得香港的街道是透气与宽阔的。之后沿北京道走去寻早餐店，不知不觉来到尖沙咀码头一间位于地下室的麦当劳。

走下楼，我有些诧异，这隐于地底的麦当劳，清晨已如此繁忙——提公文包的、背书包的、拖登机箱的、拎家当的；醒的、睡的、老迈的、青壮的、浓妆的、素颜的。那是一个画面冲突的时段，拮据的香港正要退去，富庶的香港才要登场。

然而我也才知道，在香港的麦当劳过夜，一点都不孤单。至少不用屈就不实的旅社。

二〇一五年，有次我结束一场大陆的研讨会，在香港飞往高雄的飞机上看报纸，读到一则新闻，整整据了一个版面。

报道讲述印度摄影师苏拉杰·卡特拉（Suraj Katra），在深夜踏进九龙多间麦当劳，以影像记录一群夜泊于此的人。文中称这些人为"麦难民"（McRefugees），他们多因房租昂贵，在人潮彻底退去时进驻麦当劳。他们或许知道，白昼一直到午夜，旺角油麻地尖沙咀，人来人往，地狭人稠的印象如此逼近，就午夜一两点后过来吧，这时间仰卧在软垫椅上，摊开全版报纸，盖住肚面，或跷个脚跨过桌椅，如此睡态至少较不会感到歉意。

看着报上图片，它传达给我的感觉是疲倦。那种疲倦架于无力、松手之上，放水东流，不少麦难民都上了年纪，表面安详地熟睡，却难掩醒来后要面对的荒凉。

Suraj Katra除了摄影，也采访店员与麦难民。店员说，有些人是熟面孔，他们知道他会来，几点后又会撤退，定时且守序；但有些不然，借厕所梳洗甚至抽烟。驱逐，又折返，只要不逾矩，井水不犯河水，便在怜悯下选择无视。

然而称呼麦难民并不贴切。报道也指出，有些夜宿者其实是上班族，非缺钱或缺房，只因家住较远，为了隔日一早上工，节约通勤时间，简单果腹歇一晚。麦民，或许还是较礼貌的称呼。

几个月后，我在香港脸友的动态上读到一则新闻转载。有天，九龙坪石村的麦当劳，走进一名五十多岁的女子，她在角落坐下，趴桌，然后睡着了。而这一睡就不再醒来。当她被发现、叫唤时，已是几个小时后的事了。她身上无证件，仅有一张八达通与二点六元港币。麦当劳人来人往，座无虚席，没人注意到伏尸正发生着。

我想着那样的离去，无痛无声无息，虽然寂寞，比起医院插满管路、血肉模糊的离去，也算好走了。

不久，天亮了。城市初醒，一切新始。方才遇见的身影，半数已消失，那魂神皆离的男子仍在，拎起宝特瓶麻布袋，一步按一步走下阶梯，消失在我的视野；醒目的金发背包客也在，此刻脸正贴着笔电涎流睡去。而新的面孔，学子与白领纷纷上楼用餐，动线无声地流摆，一出一进，一场快餐哺喂，正给城市朝时的气力。

我收拾餐盘，想着火车站前、百货公司地下街、小区三角窗、交流道下、机场、医院……大城小镇，麦当劳惊人地繁殖、布局着。当我懂事，这岛就步入麦当劳时代。当年若有人问我：高雄有几间麦当劳？我数得出。第一间开幕的在三多圆环、第二间在澄清湖门口、第三间在大统百货旁……从屈指可数到无力也无心数算，从十点打烊到二十四小时营业。

那曾是一种奢侈。孩提时，只要同学到麦当劳庆生，便投以羡煞眼神。如今，麦当劳平民化，不能跻身宴客的选项，甚至不是一个食欲的意义，更多时候是睡欲、尿意，或者避暑、K书、言事，甚至栖身。但无妨的，点杯可乐，获得接纳，就算流离的身世不被理解，接纳已是一种安慰。

黄信恩

散文作品曾获梁实秋文学奖等，著有《体肤小事》。

高尾山纪事

王盛弘/文

连着数日阴寒，一早醒来，看见阳光就栖止于窗帘，当下决定到郊区走走；京王线新宿站搭上特快列车，三刻钟后即抵达高尾山口，想往更高处去，可以转乘缆车。缆车前却有以游览车计量的老人家排着队，这里是东京近郊、号称全球登山者数量第一的山峰呢；舍缆车就吊椅，识者两人一组，落单的或不结伴的旅人如我，也就一个人一张椅子，一路被运往山上去。

人潮都涌向药王院有喜寺。这座八世纪中叶由圣武天皇诏建的寺庙，创立者是曾参与兴筑东大寺大佛的大和上行基菩萨，几经更迭，茁壮为真言宗智山派三大本山之一，也是知名的"山伏"苦修的修验道圣地。

"山伏"也者，修行者、修验者，"为得神验之法而入山修行苦练者"，常头戴多角形小帽，身着袈裟或麻织法衣，手持锡杖，携法螺贝以在山中互通声息；电影《剑岳：点之记》中，明治年间，日本陆军与一民间登山组织，力争成为第一个攀上"死者之山"剑岳的团体，舍命攻顶后，才发现山伏远远早了他们上千年就来到此地了，确凿的证据是一枚锡杖杖头。

融合了中国的道教与日本神道教，为了"即身成佛"，山伏必须做许多旁人看来神秘、挑战人体极限的锻炼，比如为了重新认识自己的"瀑布修行"，或赤脚走过柴火灰烬隐喻焚毁身心污秽的"过火"；陶思炎在《东瀛问俗》这本书里写过，山伏修炼完成，出山前必须做三件事：烟熏、辟谷、夜巡，在我看来真是充满了仪式与象征之美——

"所谓烟熏，即修验者在独居的山洞内，关闭门户，然后烧柴生烟，并向火上抛撒辣椒粉，以经受熏呛的考验。所谓辟谷，即伏居山中，多日不食米谷，只饮清泉，以忍饥习苦，超凡脱俗。所谓夜巡，即成道前一夜，修验的山巫和先达要在山中巡游，并且一定要走过一个峡谷，以作为自母体的子宫或阴道中诞生的象征。天明后回到神社，修验者把自己关在一间屋中，然后突然打开所有的窗户和房门，大叫而出，以表从娘胎中呱呱坠地。"

在高尾山，道行高深的山伏称为"大天狗"。天狗的形象屡经变迁，曾经是带着恶意招惹祸事的妖怪或恶灵，高尾山的天狗则是"一群住在圣山里的神之使者，每日勤于修行，并降临凡间惩恶扬善"，又有大小天狗之别，药王院的角色设定是：大天狗修炼经年，具有神力，手拿可以为人消灾解厄的团扇，长一只高挺长鼻子；小天狗尚在修行阶段，嘴部作乌喙状。不论大天狗小天狗，都有一双强劲有力的翅膀。小泉八云有幽冥物语《天狗话》：一名高僧将化身为飞鸟的天狗自顽童手中救下，天狗赐高僧一个愿望，重现大迦叶尊者率五百罗汉举行第一次集结的幻象，高僧一时为虔诚的感动冲昏了头，俯卧在地高呼我佛慈悲，毁了保持缄默的约定，而使得这名天狗遭到惩罚，再也无法飞翔了。

高尾山山腰有一棵杉树，据传是天狗栖居的灵木。这棵杉树的根部虬曲宛如章鱼脚，别称"章鱼杉"，游客途经都驻足端详，我也一探究竟，可惜毫无感应。（这么多人围观与膜拜，早让天狗另择良木了吧？）倒是身旁有一青年，齐耳直发，脸色白皙浮肿，打扮不与时人同，他拖拉着一辆婴儿车，我好奇瞥上一眼，看见薄纱顶罩下躺一尊真人大小洋娃娃，正眨巴着眼睛与我对望。

不必须是章鱼杉，山林里每一棵生气勃发的大树，我都愿意让我敏感、脆弱的灵魂栖居其上——每回走进山林，就只是走着，我都能确切感觉到清新交换了浑浊、舒缓替代了急躁，皱缩变形的自我逐渐舒展开来，从容，圆润，如此强健、如此纯粹而有神。

标高五九九米的高尾山，拥有丰富完整的林相，超过一千六百种植物在此俯仰生息，山顶一带被定为公园，这得归功于药王院古有明训，不可砍伐被视为神明的山林里任何一棵树，实践了"草木悉皆成佛"的泛灵论信仰。

文明是借着砍伐森林发展出来的，梅原猛再三强调，"农耕畜牧文明的成立，以及进而发展出来的都市文明，都让整片蓊郁的森林落入被砍伐的命运，转变成农耕地与畜牧地。那些木材被用于建造大型宫殿与寺院，还进一步作为冶炼铜铁的燃料使用。"观察出这个现象需要多久？学电视购物专家的口吻：一万年？不必。一千年？不必。一百年？也不必。几十年甚至十几年就可以印证了——

人类学家利瓦伊史陀选择了巴西巴拉那州北部作下记录：一九三〇年，巴西政府以三百万亩地交换一家英国公司修筑公路与铁道，文明如利刃划破丝绸般开始入侵原始森林，当年铁道仅仅五十公里，六年后，往内陆长驱直入二五〇公里；一九三五年，阿拉蓬加斯这个地方只有一座房子、一位居民，十五年后，该地已有一万名人口。交通衢道、建筑、农耕、牲畜……火把驱走黑暗般压缩着森林的领地，也许一时发展出文明盛景，却也在一二十年后，这块丰饶、富庶、肥沃的"迦南地"，因为被压榨、超负荷而伤痕累累，疲惫不堪。

我怀疑，现在我们称城市里栉比鳞次的建筑景观为"都市丛林"，不单纯只是对它表象的形容，而是更深层、潜意识那般地，呼应着长期以来以森林交换文明的集体记忆。试着看看香港，我对它印象最深的画面之一是，假日里移工密密麻麻地在高楼大厦的阴影底休憩，数量之庞大、现象之普遍，足以改写

"树荫"的定义，这是文明的代价。

我不为药王院与章鱼杉而来，山伏与天狗的传说固然饶富兴味，也并非我的目的；外出旅行，找一天走走近郊低山步道已是我的习惯，除了秋树，到高尾山还为了野草园。一进园就远离人群了，高高低低的小径两旁遍植草木，都反映了季节而凋零、枯萎、结累累的种子，或者，它们不是被秋天所驱遣，而就是秋天本身；相较于永远处在花季的花坛，或菊人形、大立菊等塑料花也似的精心栽培，无疑地我更钟情带着野性、略有点失序，却可见到本真本性的野草闲花，格外有一种天真、淘气，可以寄托生命。

闲闲走逛，很快地我给自己出了题目，不如就来找找秋日七草吧。"秋日花开原野上，屈指算来七种花"，我扳着手指头算数了起来：荻花，尾花，葛花，抚子，女郎，藤袴……走着走着，很快地我也忘了要找七草了，停伫于一丛盛开的黄色雏菊前。

菊花自阴阳之地蔓延到步道旁，我痴痴地看着像兴味盎然读一本书，也是贪享阳光照在后背的温暖，突然听见有个声音没有很礼貌地，不知喊了我第几次："喂，先生，喂，"我左张右望，并没有看到谁，"先生，请挪一下脚步，留一点阳光给我吧。"回过神来才发现，原来是小雏菊里的一朵，扯着喉咙提醒我，不要抢了它的阳光了。

王盛弘

写散文、编报纸，曾获金鼎奖等，著有《大风吹》《十三座城市》等。

世界越是荒凉，心灵越被滋养 5

○ 第五章

不必伪装，你就是自己，身处荒凉，学会享受孤独，就不会很寂寞。红尘陌上，独自行走，绿萝拂过衣襟，青云打湿诺言。山和水可以两两相忘，日与月可以毫无瓜葛。那时候，只一个人的浮世清欢，一个人的细水长流。••••

无尽梦魇

伊替·达欧索 / 文

秋风萧瑟。我们循着漫山遍野的芒草归来。踩着晨露、扶着toway（矮姝）穿透浓雾，来到让我们休息的地方。享用了鳗鱼、溪虾和小米糕点。看着你们从祭屋缓缓滚出米臼，歌声嘹亮揭开了那恩怨情仇和那一幕幕往事……我们所拣选的主祭，神情肃穆地训勉，一句一句唱，抓准音调；一首一首变换，要分辨清楚，千万别前后倒置。我们矮黑人笑了，也嗤之以鼻。你们的生命在流逝，记忆在褪色，可以遗忘的仪式禁忌，已不再重要？在一个神秘的永劫回归说法：事物会无缘由地重复吗？就如凭吊我们的祭典一样。我们并非相信绝对的"真"，而是相信你们的"善"。有些时候，我们被物化神化，另一方面又是角色工具化，这就扭曲戳伤了相互的信任。发生的已经发生，无法修改，就无须温顺地走入那良夜。

你们不用挣扎于近乎无望的祈求赎罪，也不必像病人那样承受一次次的身心折磨，而呻吟，而落泪。我们的约定总是被善忘，第一首召请歌经常在不对的时机随便哼唱，不断搅扰我们。歌谣是你们赖以立足的点，是无所不在的被聆听，你们认为一切都预先被原谅了，或许一切皆可笑地被允许。欲通往我们矮黑人的世界，最明显的一条路径，就得随着歌谣穿越荒野丛林，要通往光明，唯有穿越黑暗。长久以来，我们一直存着温柔的遗憾，在荒野获致的惊异、感动、喜悦、冥思，以及数不清的启示与震撼，皆源自歌谣。如果我们可以从祭歌中得到肯定与慰藉，便可以得到温暖与和谐，我们的故事之所以悲，所以欢，所以离，所以合，绝不会从苍白大地无缘无故产生。听呐！你们的召请。

> 请唱山柿之韵，召请矮灵您老人家
> 荐给您溪鱼和菜肴
> 溪鱼是约定好的。
> 请唱枫树之韵，用白茅草打结约定
> 愚蠢的我们，竟然不知为何要如此
> 虽然忘了结草原因，但总是要召请迎候您
> 请来相会述说缘由，请来ta'ay和toway
> 沿河而来，牵着手跨过Sikay河，
> 拄着藤杖，蜿蜒成队。

　　千百年来，你们以诚挚的祭祀和谦卑的心来赎罪，也曾在祈求过程中怀忧丧志，甚至被我们吓着而噤声。虽然每两年饥饿的灵魂来此得以饱足，但是从中被我们所理解的混淆感情，彼此带着所受到折磨，痛苦和忧伤，仍难以用互信互谅得以医治，一如我们矮黑人死去的躯体已经没有感觉也毫无欲望，依旧在你们的真理和主题之间游移不定。深刻而清晰的记忆，在祭典中疗伤止疼于一时，与岁月并行的哀悼，重复凭吊着僵直、毫无生命、回天乏术的魂魄。风雨的背后总有一出哀绝的悲剧！或是耽恋过去的美，沉湎于回忆，伴随的悲欢曾经是一辈子的生命，然而"曾经"却是你们最大的悲哀，那意味着过去的和平不能重现，也无法复制，像被劈开的一个窟窿，不知该找什么来填补。当你

们不再耽恋过去，沉湎于痛苦回忆，裂痕将愈变愈大，一代接一代漫步在你们所发的每一个噩梦之中。漫步在痛苦煎熬，无休止地活在悲剧中。

有些表面的瑕疵似为我们矮黑人身上所留下，为了使你们不致骄傲与避免破坏许诺，我们便藏在隐秘的存在里。否定或消除那般刻骨铭心的祭典，只会削弱你们族群的生命力，甚或苛刻地完全灭绝。一旦来自我们的作祟，立刻将你们全然交托给命运，并永远与我们分离，不愿与你们再作生命的拉拔。当我们身在悬崖枇杷树上，你们极大化轻巧挪用自鸣正义，草率地破坏清澈溪流、清净空气这般脆弱的和平世界。因而既定宿命被迫在涂泥掩饰中，悲惨而沉重地坠落；因而遭受觊觎和死亡的代价，便如枷锁般套在你们千百年的宿命。这个世纪呜咽将沉淀累积，还是过滤升华？倾倒刹那，早已存在于所有理由之上。

过多的想象力会使你们掉入自我的危险中，你们若少了诚信与不义，会被罪占有。繁复的方式荐引，精致的歌舞赎罪，无非想让你们习得如何讨喜。但那些因自满而褊狭盲目的人，即使再用棕叶一层层捆绑住外在身体，病在心中的更大抵挡，将冒着危险面对隐而未现的巨大悲哀。我们之间到底要记上多大一笔的冲突呢？必须从你们的心开始触及。我们仍疼惜友好，在多次重逢中阻挡了魍魉邪灵、山精鬼魅侵扰你们，不该说我们在作祟。一边是伸向五里雾的镜头，一边是炯炯逼视的我们。心，在你们之间摆荡。

我们曾在芒丛间嚼食鱼腥草解决了肚子的疼痛，却无法摆脱致命的醉酒和被曲解的淫行，逗弄、戏耍、挑衅……无非要考验你们受教化的程度。我们如苦花鱼啃食溪涧的石苔，在旋涡中翻滚折腾，满身污泥，因伤口而无力站立，因自责而无法洁净，当我们的魂魄看过了你们的困惑之后，然后对彼此所造成的一切，说出混合着恨和悲伤的话，便一次又一次拄着藤杖沿溪回来，沉静、冷酷地面对屠杀我们的人。当你们被迫学习新的感觉却损害了更多的激情与记忆，坠崖影像逐渐变得淡薄，撕裂山棕叶警示声音不再，纵使闻嗅已经埋葬多年的躯体，寄望在稀薄的空气中"吸回"或"传递"，已然是矫情的令我们唾弃而失望。上苍与山岭永远锁不住我们，即使活在失根漂泊的生涯，而在任何可能的角落，引起一阵阵的战栗以及报复的快感，世纪梦魇将让你们无法移动分毫。

不要借着反复老套或修饰过的祭词加重自己的重担，不要在脑海里塑造任何神的形象，虽然发现你们与我们同在的场域甚易获得，但献祭予我们所做的准备，远早于我们预备去接纳。许多事比呼吸更容易更自然，但你们受外界的搅扰，经常忘了呼吸。如果结草的盟约中存有轻微的拉力，我们如何处之泰然，如若妄图停止祭典活动，你们只能在肃静中慢慢享受摧枯拉朽的折磨与悲伤，让血和泪、怨与恨交织在你们土地上，单薄地在云深雾浓里垂首悲泣。我们反复叮咛，要有始有终，不可三心二意，要如黄藤般坚韧，不与人为恶，要如照顾稻米般彼此照顾，要与人慷慨分享。当肩旗带领舞圈盘卷伸缩，是我们在巡视你们的心田，没有专注虔诚的舞姿不会施舍怜悯。醉酒、闹事、自大蒙骗者，就让你们的祖灵惩罚。当歌声转入凄恻悲凉、舞圈成旋涡般卷入又卷出，是我们跌入深涧覆亡的悲伤往事，不要因疲累而偷懒奔跑。当亢奋歌声让你们激烈往上跳，挣开极大缚束般跳跃，宛如灵魂和心，奇妙地扩大和逃离。怨怼的阴影依然存在，那是你们为了要活得努力的表达，我们从不动容。

我们坐在大祭旗上，或游走在舞圈中，部分懒惰的偏爱斜背着肩旗，不在意鸟兽吃掉你们的粮食吗？臀铃声透出的一些叹息或征象，岂不拆穿濒临饿死边缘的人假扮已吃饱喝足的蒙骗。我们的旅程有开端，过程与终点，而你们经常绑住一个饥渴至极的人，不让他朝向凉泉。过程中，许多人贪图逐一的筹备事宜而显露出欲念横生的脸孔。因而，我们感觉到愈近路的终点就愈远离开端。你们的部落漠漠幸存的结构与形式，即使像岩石般的韧性与沧桑，又如一颗又黑又硬、撞击后的陨石，随着柔长的时光蔓生了地衣苔藓。但是，宿命原本可以谦卑存在，当另一类原始而饥渴、毫无节制的需求爆发，一切将被迫归零。

我们随着如百步蛇盘卷伸缩的舞圈绕行，可以轻易地感觉到迟钝而僵化的舞步，因受你们自我心中的压抑似乎根本没有动作一般，绝非来自我们的压迫。你们无法放过自己，无法注视每一个步伐里的真实含义，即使我们在你们跟前作最正确的示范，你们什么也看不仔细。为了使相对的两个事物契合，为何不放弃心中的自我，彼此获得谅解未尝不是个解脱。但是你们听厌蝉声齐鸣，乐闻那混浊污秽的洪水声，不愿再静静聆听细细幽幽的泉韵。我们经常被你们围堵，怔忡在一种姿态、一种夸张、一种卑怜。夜色深浓足够遮掩现实与真实，你们无须忧心，黑暗延伸到哪里，部落将迷航到哪里，就让一具浮游的躯壳，随着夜色摆荡。

我们的故事，本来就像春天的花，秋天的月那样平凡。但就在这平凡里，交织着人性的纠葛和冲突——生与死，爱与恨，追求与幻灭。你们会发现，只要我们仍在你们的躯体中，你们就会为生存而继续作战，而我们几乎不可能让那恒久的怨怼全然消失，更不会停止纠正你们的躯体进入狂烈状态，我们会激扰你们致意识分裂而痛苦不堪，年复一年地重新导向悲伤。布幕落下并不代表结束，它还有开始。如果你们不敢正视悲剧的根源，不愿承受尖酷和惨淡的岁月，你们将会困厄自己的灵魂，完全不知道将走的路。只有闪电而无惊雷的恐惧，你们总是瑟缩在懦弱、自私和计较中。勤练表演的舞步，毫无警觉于藏在背后的阴影，高歌改造的音韵，从不正视黑暗中微焰将尽的意识。利之所趋，无知的层层剥落部落城墙，进而腐蚀自身内在的传统动力。你们承载太多、太复杂的使命，封闭且自给自足，没有出口，似乎也不必有出口，以致不断品尝无助与绝望。

　　赤杨木每一根细小的枝头吐出了鲜嫩的幼芽，下垂的枝梢点着远处山峦背峰的影子，它们苦苦挣扎在悬崖上。半死榛木已然被糟蹋、被架在屋檐上，你们跳取芒草结显示高度和壮大，复着魔似的、咬牙切齿扑向坠地死木，往东方离去的路上，谈笑着那与我们匹敌的力量。我们随着芒草路标蜿蜒作队而来，一路上虽然闻嗅出残留的血腥味，也隐然瞧见潜藏芒丛之中的杀手，但友善的歌声相随而行，热络的手柔细地张罗筵约。当你们将丰收的粟缠在我们头上，我们看见了一只悲鸣的鸟，一直在空中盘旋着，它虽然飞得不顺畅也不愉快，但它不被黑夜所迫而疲累，它飞向彩色，飞向有光亮的地方。

　　我们依然沿河而归，只要有路走我们循其而行，离开一个过站抵达另一个过站。由那谷间吹袭而上的暖风，一度让我们油然生起了怜悯之心，但是，从高处坠落深涧的哀号，依然在风中流窜狂响，石隙间咬牙切齿的啾啾声，恁大的溪流也掩盖不住，流水可以削去泥土毁灭一切，它无法冲淡稀释亘古的恩怨情仇，更休想吐尽满口山胡椒的切齿辛辣。你们将在梦魇中自我解剖、自我叩问，把最深的自己摊开，锻炼灵魂深度，试着找回缺憾与完整，质疑为何缠绵情欲、伤痕、孤独、软弱和执迷。就让你们在无尽梦魇中，时而激情、时而下坠、时而荒凉。

伊替·达欧索

汉名根阿盛，曾获台湾新诗、散文、短篇小说等多个奖项，
著有《巴卡山传说故事》。

草莓与灰烬：加害者的日常

房慧真 / 文

莱纳·霍斯（Rainer Hoess）首度来到奥斯维辛，在他四十八岁的那年，离过婚，有酗酒倾向，与家族决裂。四十八岁，比祖父在世多一年，祖父在四十七岁那年，在波兰经审判后，在奥斯维辛上了绞刑台。莱纳还有祖母、父亲、一个大伯、三个姑姑，他们都曾生活在奥斯维辛，最小的姑姑还在此出生，一家人在一九四五年离开后，都再也没有踏足故居。莱纳的祖父鲁道夫·霍斯（Rudolf Hoess），是奥斯维辛拥有最高权力的指挥官，以高效率著称，平均在一天"处理"七千人，深受盖世太保长官希姆莱（Heinrich Himmler）的赏识。

莱纳在十二岁之前，全然不知家族历史，不晓得自己的姓氏有何特殊意义，他在寄宿学校就读，食堂的厨师正是奥斯维辛的幸存者，厨师欺负他的同时，他捡起课本读二战史。霍斯家族相对其他几个纳粹魔头的后代，讳莫如深得多，在莱纳于二〇〇九年现身前，他们早已消失在公共视野之外。神隐得如此彻底，或许因为霍斯家族特别团结，绝口不对外人以及"后代"提起奥斯维辛，一个全然禁忌的名词。

家族的紧密，其来有自，在妻儿眼中，鲁道夫是个爱家的好人，因为舍不得与家人分开，鲁道夫携家带眷来到波兰，安家落户的地点，距离奥斯维辛的二号灭绝营比克瑙不远。鲁道夫上任后不久，比克瑙两个巨大的焚尸炉随即启用，夜以继日"赶工"。烟囱距离霍斯家的别墅不远，鲁道夫处理完"公事"，马上就能步行回家，迫不及待要抱抱五个孩子。

指挥官的豪华别墅中，也调派来蓝白条纹衣的囚犯以供使唤，日后这些幸存者回忆时，常提起鲁道夫非常喜欢和孩子一起玩耍。前一秒踏进家门前，他还在指挥在毒气室里使用含有氰化剂的杀虫剂齐克隆B，好大量且快速地杀死没有劳动能力的孩童。也曾关押在此的法国思想家西蒙娜·韦伊（Simone Weil）当时只有十六岁，她谎称已经十八岁，才逃过一劫。十六岁，也仅仅比鲁道夫的大儿子克劳斯大一岁而已，克劳斯喜欢拿弹弓射向囚犯，尽管还不到从军年纪，但他非常宝爱希姆莱叔叔送给他的党卫军制服，上头有SS两个闪电符号。克劳斯后来移民澳洲，因酒精中毒而早逝。

莱纳在祖母家找到一个箱子，里头的相片记录了霍斯一家在奥斯维辛的家居生活。广大的庭院里，有祖母的玫瑰花园，以及让小孩戏水的游泳池，当然，花匠以及游泳池的挖凿工人，都是集中营的囚犯。莱纳的父亲当时正是四五岁好动的年纪，有张照片是他坐在一台几可拟真的玩具飞机里，当然，造飞机的还是囚犯们，机尾上还特别装饰纳粹的卐字标识。

庭院里拍摄的照片，背后都有一堵墙。墙外的"那个世界"，偶尔会来几个条纹人，来砌墙铺瓦挖池塘，来帮忙母亲照顾娇弱的玫瑰花。孩子们如果注意一点，会发觉他们眼眶凹陷，瘦得根根肋骨凸显。霍斯家的孩子顶多觉得他们怪异，孩子们会穿着条纹睡衣模仿囚犯，像个寻常的小游戏，从来无从怀疑起，慈爱父亲背后的那团黑暗。

奥斯维辛并不全然是个灭绝营，犹太人下火车后，可能到二号营比克瑙，进毒气室，从下车到烧成一把灰烬，不过三十分钟；也可能到隶属于法本化学公司的三号营，在此挖煤、拌水泥、生产橡胶，有时到指挥官家里给"王子公主们"当马骑，钦点进劳动营的并非得到豁免，只是死亡来得比较迟缓，漫长。

在纳粹体系里，越高阶者越不用（实质上）弄脏双手。毒气室里的运尸人，由犹太人组成的"工作队"执行。同样由犹太人组成的还有"卡波"，有权虐打囚犯，处于囚犯和狱卒之间的灰色地带。死亡集中营的中坚管理者是由五千名东欧的非犹太人组成的"特拉维尼基"（Trawniki），也需负责大量枪决囚犯，对于党卫军而言，这些都是脏活，他们只需要站在远程遥控特拉维尼基。有些特拉维尼基本身就憎恨犹太人。追捕初期，藏匿于森林里的犹太人，通常都由波兰人举报。

和肮脏活离得最远，身处"最终解决方案"决策顶端的希姆莱，外形全然不是想象中的大魔头。他长年有肠胃毛病，个子不高，戴小圆眼镜，为了看起来比较有男子气概而蓄胡。他曾在一次检阅树林里大规模的屠杀后，因为场面过于血腥而昏厥过去。屠杀方式的"现代化"，从在林子里射杀，改为关在卡车后车厢，接上排气管，最后是毒气室。希姆莱到奥斯维辛参观爱将精心"设计"的成果，那时有一辆从荷兰运来的列车，他仔细观看了全部灭绝的过程，这一次他不反胃呕吐了，灭绝速度上紧发条，从七月到十一月共有两百万人死亡。

希姆莱需要时常出差"视察"集中营，不能把家人带在身边，他的妻子和独生女，住在慕尼黑达豪集中营附近的一处湖畔庄园。希姆莱在加入纳粹之前是持有证照的农艺师，曾经营养鸡场，他的梦想是回到乡村过田园牧歌式的生活。因此在这个僻静的庄园里，除了有私家码头，还种植蔬果，饲养许多家禽家畜，过剩的水果由妻子玛佳拿来熬制果酱。

需要采买时玛佳就会到达豪集中营，里头有粮食研究中心、水产养殖场，充分显现希姆莱的兴趣所在，甚至连化妆品工厂都有。玛佳在这里买做菜用的香料，她不会知道的是，集中营的囚犯必须把沼泽的水抽光，好建造种植香草的温室，现代化的风干房、磨坊，成千上万的囚犯在此劳累至死。战争时空袭频繁，希姆莱让达豪的囚犯来到湖畔庄园建造碉堡，囚犯从事重劳力工作，却只有回到营区时，才能吃到稀薄的食物。监工者是玛佳，她时常跟希姆莱的部下抱怨工人效率不佳。

屠杀、空袭、灭绝……皆鲜少影响到这田园间的牧歌。虽然少了丈夫的陪伴，但在食品短缺的战争时期，玛佳经常收到希姆莱寄来的大小包裹：元首（希特勒）给的咖啡豆、红酒、鹅肝酱、干邑浸蚕豆、女儿爱吃的螃蟹、吃不完的巧克力、水果塔、小杏仁饼、蜂蜜糕点……也有精神食粮，希姆莱常寄书报杂志回来，他不是不读书的人，正如许多纳粹是古典音乐爱好者，当然，他早已读过《我的奋斗》。

在另一个平行世界里，关押在奥斯维辛的化学家普里莫·莱维（Primo Levi），饥饿像头兽，从空洞的胃底，扑向他的喉头。他只能在实验室里吞食甘油，吞食氧化许多石蜡而来的脂肪酸，他用电热版烤药用棉花，催眠自己这是烙饼，有焦糖味道。"那种饥饿和普通人错过一餐会有下一餐的感觉完全不一样，那是一种深入骨髓的欲求，全面控制我们的行动。吃，找吃的，是第一要事，远在其后的，才是生存的其他事，更后更远的，才是对家庭的回忆和对死亡的恐惧。"

在各种节日里，希姆莱也没少寄过礼物，一九四四年十二月，战事尾声，拘捕而来的犹太人差不多杀光了，先不论犹太人的处境，德国一般平民也苦于空袭与物资短缺，希姆莱寄回家的圣诞礼物有：斑羚毛皮、貂皮大衣、金手镯、银托盘、琥珀戒指、蓝色手提包等。物品的主人，大多进了毒气室。玛佳披挂穿戴一身的，是遗物，而非礼物。

出差时，希姆莱也不忘随手捎回礼物，一九四二年恶名昭彰的万湖会议后，他到荷兰和当地政权合作驱逐犹太人。火车载送"安妮·弗兰克们"到奥斯维辛，希姆莱则是搭乘飞机回到慕尼黑，带了一百五十朵郁金香回家，给妻子惊喜。下一次到芬兰出差时，他带回来给女儿的是北欧风的洋娃娃，当然，遣送北欧犹太人也双轨进行中。

慈爱与罪愆，有如电影《教父》的经典一幕，正式接班的年轻教父，在教堂为新生儿受洗的同时，频频跳接的是赶尽杀绝的画面。希姆莱一家战争时期的蒙太奇表现手法如下：

一九四一年六月，希姆莱短暂回家和女儿相聚，陪她划船、骑马，还写给她一张卡片："生活里要永远正直、成熟、善良。"不到一个礼拜之后，他到东欧出差，在犹太人占半数人口的比亚雷斯托克，纳粹士兵将两千多名犹太人关进一间犹太教堂，锁上铁链，放火将他们活活烧死。

一九四三年十一月，灭绝的"收官"阶段，升任内政部长的希姆莱指示，连劳动营的犹太人也不能放过，是谓"丰收节大屠杀"。在同时，女儿的日记里提到，爸爸妈妈又在附近买了一大片花园，"囚犯"们先来整理，湖边的庄园也翻修一番，走廊更加明亮，房间更加宽敞。"也许我们在萨尔兹堡会有一栋房子，是的，一旦和平降临。"

一九二八年希姆莱与玛佳结婚时，他给妻子的誓词是："在我们的家，我们的城堡，我们将远离所有的肮脏。"

莱纳·霍斯，霍斯家的第三代终于来到奥斯维辛，参观不对外开放的故居。他想起祖母曾说，以前在院子里采草莓，一定要洗得很干净。祖母没多说，现在他知道了，甜美的草莓上头，恒常附着一层烟灰。

草莓上的灰烬，从天而降，从焚化炉的烟囱吐出，从毒气室的尸体到焚化炉，从脱光衣服到毒气室，从下火车到脱光衣服，从八天七夜无法动弹滴水未进干渴至极到被赶上火车，从犹太隔离区到上火车，从好心邻居书柜后头暗门的藏匿到隔离区……依照能量守恒定律，从烟灰到血肉骨架心跳呼吸，最后回到，一个完整的人。

房慧真

另一个名字是"运诗人"，曾任职于《壹周刊》，
著有《单向街》《河流》（获二〇一四年博客来百大选书）。

一点六米宽的楼梯

顾玉玲 / 文

铁扶梯陈旧而克难，仅容一人攀爬，脚踏处略有悬晃，扶住边栏不时摸到一手锈渍，会扎人。

从三楼转进顶楼加盖的铁皮屋，我们一行八人沿着扶梯鱼贯而上仍显震荡，可想见平日上下班时分，赶着打卡的身影急促、震动至岌岌可危。铁皮屋住了三十多名菲律宾女工，这个时间她们都在二、三楼的生产线前劳动，仅有代表大家出席劳资争议会议的萝丝、艾琳和玛莉安紧挨着我走。她们跟着我的目光快速扫描用餐处与住宿区，露出不可置信的表情，像是第一次发现屋墙的简陋，每一步都像浩劫余生，熟悉的日常生活一夕间被揭露出残破的真相。

水泥地板上，以两人并肩宽的间距，沿着墙排列一个又一个双层铁架木板床，行李箱全蒙了尘塞在床板下，与拖鞋、脸盆及漱口杯挨挤着。正对面的墙也有一排床，和这一排不甚齐整地两两相对，很多下铺位吊挂大毛巾或花布、长裙垂晾，遮掩出半坪床面的隐私空间。第三面墙的窗户被一整排塑料衣橱挡住了。那些色彩鲜艳的塑料布面，多是花朵、森林、海洋与卡通图案，由细管不锈钢接合的脆弱骨架撑着，经年累月或爆口，或紧绷，或松垮地包裹衣物。一个挨着一个的塑料衣橱歪歪斜斜站着，背对阳光。

发色灰白的大老板态度殷勤，四楼没有冷气，他一身剪裁合宜的深色西装看来有几分燥热了，但步伐依旧不疾不徐。穿过被双层床位占满的住宿区，大老板微微侧身让劳工局官员跟上与他同行，适度拉出与后面的人事经理及其他人的距离，一径保持带领的稳当姿态。

萝丝她们其实才是住在这里的主人，但她们认份（注）地尾随在后，踩着老板与官员踩过的路径，经过只有垂帘没有门的厕所时，面露尴尬且困窘倒像是她们犯了错。

往前走，再走，再走，直至铁皮屋的尽头，没路了。

"逃生门在哪里？"我把萝丝拉过来："失火了你要从哪里逃走？"

人事经理站在墙的另一端向大家招手："有啦有啦，宿舍怎么可能没有逃生门？这样消防安检无法通过啦。"

我们沿着堆满废弃物的墙边，神奇地来到一扇陈旧的木门前，被弃置的石棉瓦遮住，看来积尘已久。但确实是一道门。

"这就是逃生门。"人事经理脸不红气不喘地说："每个外劳刚住进来时，都会告诉她们。"

"打开看看。"我说。

劳检员掏出纸巾擦拭门把，喇叭锁试了三次都听到卡锈的磨损声了，咔啦咔啦……咔咔咔……总算在钥匙折断前开启。门后，紧贴着还有一道铁门。铁门上有一圈铁链缠绕着，是锁住的。

身后有人扑哧笑出声来。唉，一定是调皮的玛莉安。

大老板铁青了脸忙嘱人下楼拿钥匙，压低声音还是清晰可辨："保险柜的第三层抽屉。"

埋藏在木门后的铁门嘎呜嘎呜拉开时，像是堆了一百年的蛛网灰尘纷纷弹落，门后若真飞出尖牙蝙蝠，跳出一队僵尸或绿眼吸血鬼也不叫人意外。

劳检员抢身上前，推开一角，再四十五度，推到门背顶住墙面，壁灯点亮，眼前一览无遗。

"哇……"萝丝、艾琳、玛莉安和我都惊呼出声。

一道宽敞华丽的赭红色织毯顺阶而下，蜿蜒的弧度在门后神秘莫测，只见两侧的墙灯闪着荧光，像镶着碎钻的一条红河。

夏天才过了一半，三十四名菲律宾女工就已经连续三个月没领到足额薪水了。我们利用假日在火车站讨论多次，小心地累积打卡纪录、薪资单、扣款签据等证明文件，以及淡季时被转卖至其他工厂的现场照片。经过漫长的资料收集及证据取得，萝丝带着移工们申诉的联署书，正式向官方举发工厂违反劳动基准法，申请劳动检查，同时在工厂一楼进行劳资争议协调会。

现在，我们摊开厚厚一叠薪资单，这是三十四名移工的破损心声，每个人都盖了手印，斑斑红印宛如血迹。

资方是个头发花白的老绅士，受过日式教育，整个人有一种老派而古典的礼貌举止。我作为劳方陪同代理人的身份入座时，他微微欠身颔首，完全是长期教养下自然流露的致意，风度翩翩。当然我也注意到移工入座时，他并没有回以同质等量的示意，而是后靠着椅背，冷静盯视着她们一一低头坐上临时加添的塑料椅凳。老绅士客气递来的名片上头衔不少，他是董事长，也是宗亲会长，更是地方文史协会的荣誉顾问。

果然是见过世面的人。老绅士一开口，字句斟酌得体，不愠不火。

但我们申诉的内容，倒是血淋淋的毫不留情。电子厂的订单不稳定，旺季赶工时，所有移工都连续工作十二小时以上，有时睡到半夜还被领班直接进入宿舍摇醒立即上工，但加班费计算却严重违法；淡季时，生产在线物料不足，工资不全额给付，有的移工甚至被转卖到其他工厂工作。萝丝她们偷偷拍下的相片里，足以辨识厂址的就有淡水、新竹、新店，都是电子厂，但都不是相关企业，她们的薪水单还是来自原有的工厂，至于老板拿走多少差额，就没有人知道了。

面对所有的指控，老绅士一径从容以对，说是误会，说要调查，说打卡纪录的工时不准，说那些相片是外包厂商，移工只是陪同送货并未被派去工作。他的态度客气，措辞有礼，扫向萝丝她们的眼神又慈爱又有威严，像是很抱歉管教无方，这些女孩子们真不懂事啊就别再添乱了。

移工宿舍就在工厂兼仓库的顶楼，铁皮加盖，夏天的闷热可想而知。但移工们最抱怨的还是门禁出入问题：每天下工后，最后一个台湾工人离开厂房，一楼的电动铁门就拉下，住在顶楼的菲律宾女工就宛如被软禁。

这部分，老绅士倒是坦承不讳："下班很累了，就在宿舍好好休息。工业区这么乱，年轻女孩子下了班还出去趴趴走，被强暴怎么办？"

"可是下班后肚子饿，也不能出去买东西……"玛莉安才二十出头，来台湾工作才半年就瘦了五公斤。

"有的人晚上不加班跑到外面抱男朋友，这像话吗？"他的眼睛透过金边眼镜盯视着艾琳，再一一扫视在场女工们："来台湾就是要赚钱，不该贪玩。说真的，你们让我很失望！"

艾琳瞪大了眼。我知道她和男友一同赴台工作，男友在高雄，好不容易和同事调班连休二天才上台北来会面，她因此拒绝过一次加班，当月考绩就被倒扣一千元。没料到大老板连这个都知道。

"我没有爱玩……"艾琳无效地抗辩。

"你问问她们，"老绅士转头对着我，商量似的娓娓道来："我对待她们就像是我自己的女儿一样，平常都很照顾。晚上不给出门是为了保护她们。"

"你会把自己女儿关起来吗？失火了怎么办？四楼连逃生门都没有！"

"我们真的很怕会出事！我的朋友在别的工厂被火灾烧死了。"

"下班不能出去好像一直没下班，都快生病了。"

劳检员总算说话了："一楼铁门上锁，没办法从里面打开吗？如果没有足够的消防及逃生安全设施，四楼不能当作员工宿舍。"

老绅士这才改口："一楼门锁了，顶楼还有别的逃生门，外劳住进来前都会教他们使用消防设备。"

任谁都听得出来，老板以保护之名，隐藏的是聘雇成本下降的利益，下班后宿舍直接关门就可以省掉聘舍监管理的费用了。但宿舍门禁不在法令规范内，此时我们只能捉紧消防设备，要求立即到移工宿舍进行劳动检查。

颤颤巍巍上了四楼，从墙上机器被迁移的痕迹看来，顶楼本来也是生产线，但几年前开始引进移工以来，就拆了机器，改装成宿舍。说是改装，其实也不过是把原有的长形空间从中下挂一道米黄色塑料折叠帘，分隔餐厅与住宿区。

餐厅里散放十余张陈旧的长型会议桌，数十只塑料折叠椅，一台二十寸的旧电视放在碗柜上，平日三餐都吃便当。转入宿舍区，举目尽是排排站的双层床，以及挨挨碰碰的塑料衣柜。这正是我所熟悉的移工宿舍，不脏不乱但就是挤，人不在场还是有一种满溢出来的拥挤。随身家私全都塞在床上、衣橱里，床下还有拖鞋及出外鞋，再多就溢出来了。

空间局促，生活就更显得急就章。洗净的内衣裤悬在一线铁丝吊在床与床间隔的半空中，潮气沉沉。连空气都很挤，不够用。整个人生压缩成一只行李箱，弹开来又压回去，无处从容安置。

通往卫浴，三十四名女工只有三间厕所、四个莲蓬头，有的厕所门已经坏了许久，浴室前一律只有塑料帘子，墙角有霉。劳检员皱着眉："这样子不符规定哦，浴厕这样怎么够用？"

"还有这二间厕所啦，正在修。"人事经理忙指向另两个沉沉上锁的门。

"我来一年多了都没有修好过。"萝丝冷静地插话。

检查宿舍不在预定的行程，官资双方都有点手忙脚乱。走道上有一台饮水机，我翻开滤水检查记录给劳检员看，一整年都是空白的。

"逃生门在哪里？"劳检员问。

我们都一样好奇。在哪里？

宿舍尽头，打开埋在石棉板后的木门，再打开积尘多年的铁门，一道华丽的赭红色地毯铺在宽敞楼梯上。

这是艾丽斯梦游仙境的入口，一定不止我一个人这样想，空气中有隐隐的骚动，好奇心膨胀摩擦宛若电光石火。顺着楼梯往下走，两旁的墙面铺着一层烫金藕色的高雅壁纸，悬挂一幅又一幅风格迥异的油画与水墨，看来是用心收藏的名家之作，画框的材质毫不含糊，且配备照灯打光恍如置身艺廊。楼梯转角放着半人高的唐三彩，还有高耸银花从深口的描青花瓶探身四放。

逃生门竟是一步就跨入奢华秘境，天地之别。

我们才刚走过拥挤狭隘的移工宿舍，三十四名女工共享三个没门的厕所，淋浴间的热水器坏了个把月也没修好。才一墙之隔，就在水泥铁皮屋的楼下，竟是美轮美奂的高级会客室，优雅、高尚、品味非凡。空间转换宛如穿越剧，幽冥两隔又任意相通。我一时恍惚，不知要笑要气，太魔幻写实了。一千只血色蝙蝠迷离倒挂在我们脚下的厚地毯，站不稳，摇摇欲坠。

我借了劳检员的铁尺弯腰测量，一点六米宽！三人并肩而行也没问题。

好美丽啊，萝丝喃喃自语。

好像台北故宫博物院哦！我听见玛莉安兴奋地夸口。我知道她们都在旅游快讯上看过台北故宫博物院的介绍，但至今没有人去过。

抵达楼梯口，转弯就是老板接待贵宾的私人会客室，足足有五十平方米大。全套仿明代古董木家具，气派非凡，玻璃柜内是大老板旅游时带回来的各地纪念品，东西夹陈，特别偏好手作的精致质感，展示主人的品味与财力。

我啧啧称奇："这些收藏，很花心力吧？"

"我就是喜欢艺术品，"老绅士客气地说："有时在这里一整天思考、看看书，可以想得更远。办厂的人也是要有文化啦。"

他颇为自豪多年的收藏，竟是完全忘记方才的冲突，大方地引介这个人偶是泰国皇室制作的可不是赝品；那个水晶美人鱼是丹麦哥本哈根的港口买的，还有序号哦；你看挂在那里的手织丝毯不要以为不起眼，是当年从西域带回来经典丝绸复制款，限量的唷。他侃侃而谈，每件精品都有来历，要价不便宜，重点是桌椅玻璃柜都窗明几净，尘埃不沾，猜想每天都有专人清扫、维护。

老绅士谈笑风生，毫无牵强地畅言一旦顶楼火灾或出事了，外劳随时可以使用红地毯安全撤离，这个会客室有很好的防震防火处理，是绝对安全的逃生口。

劳检员踱步到楼梯口，重新丈量并记录逃生门的长度与宽度。

萝丝、艾琳、玛莉安回过神来，火速重返一点六米的楼梯通道，掏出手机拍照。误闯禁地，机不可失。萝丝揽着我在唐三彩前自拍留影，艾琳和玛莉安也立即抢站古画、古董等绝佳视框，笑容灿烂入镜，一张又一张的永恒定格，到此一游。到此一游正因为深知未来不会重来，等官员走后，这一条宽敞的红毯楼梯再也不会为她们开启。

当劳检员弯腰计算"逃生口"，当大老板和官员坐在古董椅上大言不惭工厂的消防无死角，隔着一道墙，萝丝、艾琳、玛莉安在一点六米宽的楼梯间合影留念。她们大摇大摆地拾阶而上，回首、展臂、摆姿态，两人单手拱出心形，奢豪的宫廷背景衬托的笑容多么美丽；她们踩在厚重的红地毯上，华贵优雅，像是伸展台上闪亮自信的天王巨星。

每一步都好似踩在梦里，她们轻盈旋身，沿着楼梯翩然跳起舞来了。

注：认命，接受现状的意思。

顾玉玲

曾获时报文学奖、梁实秋文学奖等，著有《我们：移动与劳动的生命记事》《回家》等。

仰望生命里的点点曦光 6

在崎岖坎坷的人生旅途上，我正在艰难地向上爬，我倒下了，又爬起来；我不断地倒下，也不停地重新爬起来。我跪在碎石和泥泞中前进，我含着泪，咬紧牙根，拨开前面的荆棘，我的两手和膝盖早已鲜血淋漓，然而我忍受着一切刺心的痛苦慢慢地，一寸一寸地向前移动，我虔诚地仰望着高峰顶上的那一点点微弱的曦光。

• • •

女汉子

杨隶亚 / 文

穿上XL号的衣服，喝下海碗的汤面。催落（注）一百CC小绵羊，从中港路四段的山腰下滑直行，抵达一段的尽头。紧接着，就是直到深夜的打工行程。

我握着手中的彩色传单，"哈佛园区""清水威尼斯""七期创世纪"，闹区的房屋广告不只有世界知名学府，还有异地水都圣地，中部的建商开始试着把大楼盖得更高，不只盖在中港路上，还要盖在巨人的肩膀上，像神奇的杰克魔豆，让故事高耸直驱云端，进入上帝的祈祷声。

原来，威尼斯是位在清水观音亭旁的新建案，晨起或夜深皆可听到佛号，文宣角落还特地注明：新一代小清新概念。而这些全新房屋建案里，令人惊讶指数最高的还是创世纪，希腊导演安哲罗普洛斯悄悄现身中港路，从电影《雾中风景》的迷幻迟缓里悠悠伸出上帝之手，指向河畔，捏紧百货公司旁所有夜灯的喉咙。

其他一起发传单的打工学生，脸上纷纷露出困惑的表情。广告里的屋宇大厦因过度修图显得异常魔幻，长诗般造景，夕霞光彩满天，悄然越过真实世界的轮廓。

"三房二厅二卫，看看，只要八百万。打工的都给我听好，发传单最重要的是礼貌。丢在地板上的，也要全部给我捡回来继续发……"

发包派遣工作的雇主非常喜爱聘用外形中性的女孩做打工仔，认为她们外表样貌清秀同时又可以提重物。除我以外，当时就有数名这样的女孩，有些身形魁梧高壮，有些极其娇小，看起来最年轻的也不过十六岁。

所有女孩总是安安静静提起角落一叠五公斤以上的文宣纸品或亚克力造型广告牌，连呼吸的些微起伏都未曾蹿起。

五公斤，在我们手上跟五克的定妆蜜粉没什么分别。

这群女汉子里，身形最高大的同事有点像卡通《哆啦A梦》里的胖虎。手脚麻利，速战速决，往往花不到几个小时就发完手上所有的宣传纸品。她说这类打工技巧最精华之处在于选择与大楼建物颜色相近的旧衣衫，让自己融进斑驳的墙柱角落。

她自顾自说着，随即身体肌肉一松，面无表情地倚靠在墙壁边沿。我忍不住发出笑声。某个年代台湾的综艺节目最流行模仿和整人单元，二线或三流的搞笑艺人总是打扮成树木、ATM提款机、资源回收箱甚至澡盆，在路人或主持人走近的一刹那，突然华丽地展开四肢冲上前去，从各种物品变回人类的本来面目。

"对不起，吓到您！"

配上一句标准的整人节目口号，所有奇形怪状的事物仿佛都值得被宽恕接纳。哪怕是牛山濯濯的河童妖物，或一人分饰两角，半娘半爷唱着闽南语老歌《伤心酒店》的"红顶艺人"。

每逢领工资的日子，都是胖虎展现豪爽性格的时刻，总见她毫不犹豫地拿出千元大钞招呼年轻同学吃薯条喝汽水。皮夹翻开时隐约看见一张朴素黑白的影像，大家笑着说她真是过度自恋，她却说那是母亲的大头照片。

我不知道胖虎是从什么时候开始，逐渐从女孩打扮成"哥哥"或"叔叔"

的模样。她总是习惯在工作结束后，把polo衫领子一翻，戴上变色镜片的墨镜，麦当劳造型刘海儿垂挂散开在镜架边缘，郁郁将身体倚靠在大楼出入口旁边吆喝哼歌，低沉嗓音颇有几分二十世纪七十年代女歌手林良乐豪爽的架势。

没有兼差排班的闲假，就去桥墩下的河滨公园玩棒球。从胖虎的妹妹变成胖虎，舍弃短裙拿起球棒，将过去的自己全垒打，打出无法触及的野外范围。

一个转身，回眸，滑垒成功，变成自己的哥哥。

远远望向她的脸部边缘，台湾少数民族血统，皮肤却异常白皙，睫毛密而长，鼻梁高挺，体格相当厚实壮硕。在无数个骑楼的砖瓦前，她习惯性紧紧抿起嘴唇，庞大体型悄然与整片石墙毫无违和感地联结起来。

石墙女子。手臂长出钢筋血肉，仿佛天底下没有提不动的重物。

哔哔哔！

偶尔，胖虎腰间的BBCall响个不停。只见她眉头深锁，一反常态将所有宣传单丢在角落，头也不回地离去，四处寻找公共电话。

千禧年来临前夕，胖虎跟许多年轻男孩或大叔一样，把BBCall挂在裤腰皮带的边缘，哔！哔！哔！催促的呼唤声，响了又响。

那时手机尚未研发贩卖，整个世界的旋律只有同一种共鸣。

所有街道上的男男女女，无非透过数字密码传达一种心情、一则故事。505代表的是SOS紧急救命，还有1314一生一世，520我爱你。从台中车站到一中街沿途都有好几台投币式公用电话，午餐或下班之类的尖峰时段还得等待冗长的排队队伍，穿着中学制服的学生、OL小姐，有情人们焦急地投下五元或十元硬币，只为听取短暂的口讯留言。

印象中，那天正发派名为"欧洲桂冠"的房屋传单。雇主选择在交流道附近的连锁便利商店为据点发送。询问度很高，随着下班人流的涌进，天色方才暗下，传单就已全数发送完毕。

没多久，金城武来了，胖虎却消失了。

"神啊！请多给我一点时间！"帅气男偶像带着日剧跟手机回到宝岛，所有女孩们似乎很快就忘记数字恋爱时的密语。从此不用在雨天前往公共电话亭苦苦守候。小小的海豚手机，满足大大的恋爱欲望。二十四小时热线你和我，甚至你我他。

数月没领到打工薪水的年轻学生们，聚集在水利大楼底下喊到声音沙哑。管理员说，雇主疑似签赌抑或迷上0204男来电女来店交友，好几周不见人影。印刷厂按照惯例送来指定的传单，那些彩色鲜艳的梦幻大楼上爬满蚂蚁蟑螂，蜘蛛还在办公室门缝结了好大一个网。大伙拿着扫把和螺丝起子破门而入，果然人去楼空，剩下角落一包未倒的垃圾还在发臭。

房屋宣传单由当期变过季，纸上的预售屋也连带变成滞销屋，一间间精美的样品屋养着蚊子乏人问津。

后来，我辗转在隔壁几条街帮大学重考补习班发传单，疑似看见胖虎的身影。

依旧高壮的身形，宽大嘻哈风格的T恤，唯一不同的是从侧面隆起的肚腹。她戴着棒球鸭舌帽，头低低地走过闹区转角，拖着鞋跟的步伐里似乎带有一丝沮丧，不时回头又左右张望，像被追捕中一条谨慎惶惑的小鱼，最后在人潮中游入更窄小的巷弄。

正午的太阳，终究是太烈了。烤得思绪都要蒸发，何况双眼所见。

我一定是看错了。如此在心底对自己说。

随着"红顶艺人"的解散没落，综艺节目里由男扮女、由女扮男的单元正式结束。吴青峰或张芸京唱着《小情歌》《黑裙子》，世界进入界线更模糊的少男系女孩，或少女系男孩的中性流行路线。

可是，真正的女人军团才准备从有线电视频道诞生。

"女人我最大"号召一批女人军团在节目坐镇，从保养、化妆、爱情、工作、性事，任何以新时代女性为主题的内容，无一不聊。

女兵们搽着鲜艳唇膏，肩披帅气卡其风衣，举手投足有如女力士却不失娇娆。这些女兵们统一尊称她们的头目蓝心湄为"蓝教主"，宣传短片内的视觉规模有如当年林青霞扮演东方不败的排场。

从此，女汉子们在城市里流窜。

我也依样画葫芦，跟随流行趋势。穿上男友风的长版衬衫或工人风的帅气宽裤。

自学校毕业后，决心不再当打工仔。离开校园前夕的旅行，几个同学们一起到中部的山区游玩，戴着斗笠体验茶园生活。茶园坐落在深山里的深山。搭乘火车抵达乡村的火车站之后，还必须转两班联营公交车，再徒步四十分钟才能抵达。

村长说，茶园里最年轻的采茶姑娘年纪与我们相仿，他指向丘陵地边际，双手戴着袖套的一只模糊影子。

"唉，很孝顺的一个年轻人，是台湾少数民族。妈妈肝癌末期她辛苦去赚医药费。前前后后花好几百万呐，还是没能救回来。"

"别看她那么高高壮壮的，母亲过世的时候，从山顶哭到山下。"

落日格外缓慢，红烧烧的天空相当倔强，始终不肯加进其他色彩的调和。下午五时过后，阳光依旧照得我们脸颊发烫。

"工作很勤劳哦！从来没听她抱怨。可能村里年轻人真的是太少了，给她介绍都说不用啦。"村长伸出手臂从左方的阴影处画到右方太阳正缓缓落下的位置，说这一整片的茶园，都是母亲过世以后留给那名采茶姑娘的。

斗笠下那张侧脸尚未完全转过来之前，高挺的鼻梁，紧紧抿起的嘴唇，有色墨镜。

我在心底早已快速辨认出，那就是胖虎。

村长带领我们到制茶小铺，竹藤编织的小铺内相当阴凉舒爽，大片采收后的茶叶在机器内不停搅拌翻腾。而胖虎并不打算和我们这些游客亲近，她自顾自地继续弯腰采茶，重复劳累且繁杂的粗活工作。

摘采筛选后的茶叶经过热水冲开，终于渐渐在壶底呈现安心舒展的姿态。这些叶片仿佛于采收之前，泡开之后，都有不同性格。

我双手捧着茶杯，望向落日处。阳光照在满山的茶园，也像默默照映出胖虎的心事。那些紧紧密密，被隐藏于茶园深层，无人知晓的回忆，或许只是尚未被冲泡的茶叶原貌，从青涩放置到老熟，或经过浓重不可言，最后淡化于舌尖，了然于心胸。

她的生命里是否注定有一个女子，一个汉子。

二者的相遇注定她的坚强。在外表底下，有时支撑身体的不只是血肉筋骨，更可能是有如钢铁梁柱般的心灵。

牛羊逐水草而居，女汉子拾坚毅而走。所有的石墙女子，是不是都会变成东方不败、白发魔女甚至天山童姥。从群众里孤身走出，又往静默里独自老去。

没有玫瑰的人生，却开出一芯二叶。

夕阳最后还是落了下来。我好像远远听见远方丘陵地处传来歌声，不知道是林良乐的《冷井情深》还是伍佰的《爱你一万年》。低沉清晰，忽远忽近。人家都说采茶季要唱传情之歌，男对女唱，女对男唱。而胖虎独唱，或者面向悠悠草绿之道，对着亡母而唱。

我早已忘记当天是如何下山，回到中港路一段的寄车行。

中港女汉子摇身一变正港女汉子？都好像二十世纪的传说，也像一千零一夜没有结局的故事。伫立于百年神木之前，胖虎在自己的歌声里，唱着唱着，又变回胖虎妹，拿出画笔，画着绿色的梯田、蓝色的天空，或白色鹭鸶的翅膀，来自藤子·F·不二雄手心的纯情祝福，远远地，被涂上深绿、浅绿、橘黄色，快要过期的梦。

茶叶的香气在空气中弥漫飘散，往前走，眼前似乎起了雾，我举起手试图要抓住技安的衣角，低头却发现无数个日与夜，已从我脚下悄悄如河水般流走。

河里有不合理的倒影，有一女子，有一汉子。

颠颠倒倒的女汉子世界。

注：摧落，骑摩托车的意思。

杨隶亚

作品多次入选九歌年度散文选，著有《女子汉》。

泳裤

陈思宏 / 文

你的泳裤、泳衣，长什么样子？

我这辈子第一次游泳，是初二升初三的暑假，地点是彰化县永靖乡的永兴游泳池。我当时身处体罚高压升学班，暑假根本是假的，每天都要去学校上课考试。班导师翻我们书包，让全班投票选出"我最讨厌的人"然后在黑板上计票，盛夏青春滚滚骚动，我们却因为成绩被鞭打辱骂，死背单字与方程式，身体不识自由。暑期辅导的课程安排其实有体育课，没被挪用考英文单词，表示专制者清楚久坐的孩子们需要身体律动，否则未经任何调节的身体一旦爆炸，他们不知如何收拾。此时，体育老师突然宣布："下周体育课，我们去游泳吧！"

永靖是个小地方，却有个设备不错的永兴游泳池。永靖无河川无湖泊，孩子没有亲水的机会，我妈常告诫我"水里有鬼"，报上刊登溺水事件，游泳牵扯到鬼与死亡，全班只有零星几个孩子有学过游泳。

听到要游泳，大家都各自偷偷焦虑。我们都清楚游泳池有救生员，不会游泳应该也淹不死，就算"水里有鬼"，救生员应该也练过"驱魔功夫"吧。最令人恐惧的，就是泳裤与泳衣了。身体禁锢年代，女生们怕泳衣，因为就算款式保守，这里垫那里垫，泳衣还是贴紧皮肤，于是胸臀肚都不得不展露，想到要在班上男生前面穿上泳衣下水，女生们手心潮湿。臭男生们难道就不焦虑吗？刚刚发育抽长的身体，穿上贴身的小泳裤，就怕被小看。我第一件泳裤款式是四角贴身，深蓝色，我穿上在房间里照镜，前看后照，怎么看都觉得不够雄伟。

那天，我们全班一起骑自行车，从学校出发，去永兴游泳池。一路上大家叽叽喳喳，从高压升学地狱短暂逃脱几小时，大家脸上都有笑容。只是抵达游泳池之后，焦虑就悄悄蔓延。真的要换上泳衣了，真的要下水了，怎么办，别人要看见我的身体了。尴尬更衣，包着大浴巾，快速冲入池里，男生一池，女生一池，水给予掩护，只要不出水，身体就不会被看见。那个夏天，我学会了踢水，偷偷看别人的身体，怕自己，也怕别人，身体真是可怕的东西啊，没人跟我们说要喜欢自己。就当我觉得身体开始有漂浮、前进能力时，导师下令，不准再去游泳了。她当然没给理由，她只是发现我们似乎好开心，要考试升高中，怎么可以开心。

初中毕业的暑假，爸妈把我交给游学团，去美国佛罗里达参加夏令营。校园临湖，还有游泳池，骑马射箭说英文我都不怕，最让我崩溃的就是游泳课。第一堂游泳课，夏令营的老师介绍我出场，我就穿着一条在台湾新买的三角紧身游泳裤出场，美国老师开心地大声宣布：Today we have a new friend from Taiwan, china……然后他看到我的泳裤，突然就语塞哽咽。全场的美国男孩，都穿着及膝的宽松海滩裤，只有我，这个刚从中国台湾来的夏令营新学员，竟然穿着轻、薄、短、小的三角小泳裤。而且，我那条小泳裤是红色的。

我已经忘了我是怎么度过那崩溃的泳裤时光，我只知道，当天我火速去买了合乎美国风土民情的宽松海滩裤，几个美国男孩，才开始跟我说话，问我会不会李小龙功夫。

我当时还不会游泳，面对从小游泳的美国孩子们，我在游泳池里至少还可以踢踢水，摆个身体姿态，用冷酷掩饰恐惧。但游泳池太小，无法满足孩子们的身体探险，隔几天，游泳课移师校园旁的天然湖泊，美国老师一吹口哨，大家扑通扑通跳入水，目标是河中央的木板浮岛。我傻，竟然也逼自己扑通下水，结果当然没两下就呈现溺水状，浮岛上有个教练发现我马上正在免费湖水喝到饱，快速跳入水来救我。他是专业的救生员，从后方抓住我，温柔地跟我说relax，just relax，我混乱中抓住他的手臂，任他带我游回岸上。

接下来的夏令营游泳课，我都把自己关在宿舍里。

高中三年，我不肯接近游泳池，去垦丁海边也只是踏浪幻想自己是《惜别的海岸》MV中忧郁的男主角。没想到考上辅大，大一体育课，竟然规定又要游泳。当时我想到游泳，在美国的心灵创伤就让我肢体僵硬。大一的我，对自己的身体已经比较舒坦了，泳裤大方穿上，只是入水依然恐惧。班上的韩国侨生Brenda看我笨拙踢水，身体要浮不浮，说要示范给我看。她如鱼闭气潜水，完全不浮出水面在水中恣意快速前进，然后一个水中翻筋斗，游回来说："看！很简单啊！"

我跟七个姐姐长大，进入英文系读书，班上几乎都是女生，泳池里也都是女生，跟女生们在一起，我就是自在，于是，游泳课不再是创伤。大一那年，我终于学会了水中前进，还有江湖传说中的"水母漂神功"。

我这只永靖来的笨水母，漂啊漂，后来漂到了德国。德国人问我："台湾是岛，那大家都一定很会游泳吧？"我摇头，台湾很多海岸并不适合游泳，至今很多孩子都没有机会学习游泳。到德国的泳池，会发现大部分的人都是抬头蛙，头一直在水面上，身体在水面下轻松蛙式。我是个没有泳镜、脚踏不到底就会惊慌的笨水母，在人工泳池里还可自在来回，一旦到了德国的自然湖泊，所有的创伤记忆又回来了。德国人提醒我，你明明就会游泳，为何身体在湖里海里就一脸惊恐？我要怎么解释，我身体里住了水鬼呢？的确，在人工泳池里我可以开心游，但泳池几乎都有管理人员，溺水概率并不高，真正遇到需要自救的状况，一定都是在踩不到底的水体里，无法在这些天然的环境里游泳，其实根本不算是会游泳啊，我到底在怕什么？

我对自己诚实：我惧怕自己的身体，我根本不自在。

我决定逼自己，冲破界线。德国的天体文化称为"自由身体文化"（Freikörperkultur，简称FKK），几乎三温暖都是男女裸汤共浴，很多湖边海边沙滩都有设置FKK海滩，其实是很普遍的全民肢体文化。男女裸汤共浴这事，以我这个台湾人的身体来想象，起初当然是完全无法度量，怎么可能，怎么可能，男生女生都一起脱光一起在烤箱里！还甚至一起在按摩池里泡水！但几次之后，我的身体就迅速接受了这样的身体文化。我发现这样的身体文化，其实是非常自在的天然状态，不遮掩，全敞开，不分性别年纪种族，不是"性"，而是回到人最简单的身体本质。然后，我挑战FKK海滩，当整个沙滩全部都衣不蔽体，原来是一种极为放松的肢体状态。愿意在阳光下展露全部身体的人们，一定程度上都与自己的身体有了谅解甚至和解，舒坦，无畏惧。我裸泳，天然无氯的湖水或海水把我完全包覆，自由，真的，对于我这个于保守身体社会出产的身体，裸身游泳让我尝到了自由，彻底的自由。我裸身往湖心游去，这次，我终于克服了我的美国溺水创伤，我终于会游泳了。

摆脱身体的恐惧，我也不再惧怕泳裤的款式。三角、四角、海滩裤，各种款式我都有，随心情穿脱。每次临到夏天，德国杂志上、电视上、健身房里，就会一直不断出现这几个单字："比基尼身材"（Bikinifigur）、"沙滩身材"（Strandfigur），告诫大家，夏天到了，想要穿上比基尼吗？想要在沙滩上吸引目光吗？赶紧节食！赶紧腹肌运动！

这时候我就会想到一张在网络上流传的照片，图片上说：

如何拥有沙滩身材呢？How to have a beach body?

第一步：有个身体。Have a body.

第二步：去沙滩。Go to the beach.

是啊，身体千百万种，为什么一定要六块腹肌，苗条火辣，才是所谓的"沙滩身材"呢？下垂的、有纹路的、有橘皮的、胖的、多毛的，各种真实身体状态，在主流身体定义下，都不是美的，都需要遮盖，都需要改造。其实，沙滩上最自在的，往往是最普通、最不雕饰的真实身体，那些六块肌反而时时要担心角度与光影。如果你有六块肌，身材就是时尚界会采用的泳装模特儿，拍拍手。但，普通人请给自己掌声，在沙滩上对自己的身体说：你辛苦了，今天，我们都放过彼此吧。

托马斯·曼（Thomas Mann）在《威尼斯之死》（或译《魂断威尼斯》）里，以极优美的德文，写下霍乱侵袭的水都里，慕尼黑作家对波兰精致男孩 Tadzio 的美感迷恋。托马斯·曼花费很多力气描写男孩的完美，其中包括男孩穿着的条纹泳装。

托马斯·曼于德国北边吕贝克出生，此城靠波罗的海，是泳客的盛夏度假胜地，在他的书里，可以找到很多关于海边游泳度假的故事。我非常喜欢德国北部沿海的沙滩，例如托马斯·曼在巨作《布登勃洛克一家》里，提到的特拉沃明德，就是我夏天很喜欢去度假的波罗的海小城。

德国北海、波罗的海的沙滩有个特产，就是"沙滩篷椅"，这种沙滩座椅可容纳两人，以篮子编织手法制成，可遮阳挡风躲雨，有可收纳的小桌子，非常舒适。我总是在抵达海滩的第一天，就去租个沙滩篷椅，结完账就可以拿到小钥匙，然后按照编号，去找自己接下来一周每天都会使用的沙滩篷椅。拿小钥匙打开篷椅，在里面换上泳衣（或者脱光），调整倚背倾斜度，阅读、吃食、聊天、听音乐、睡觉、上网，随时跳入海里游泳，直到日落，把篷椅锁上，结束海滩的一天，隔天再来。一周后，把钥匙还给租赁单位，跟这片沙滩道别。

我心目中最理想的海滩的一天，气温大约摄氏二十八度，微风抚摸身体，沙滩上有男有女，各种肤色，各种年纪，各种泳裤，千百种身材。大家自在地享受沙滩海水阳光，接受自己的身体，不批判别人的身体。共存，尊重，包容。

很多人喜爱指责别人的身体，说别人太胖了太宽了太小了太松了，讪笑自得。这些针对别人身体发言的人，其实只是过于大方展示他们过于狭窄的心室。

海很宽容，接纳各种身体、各种泳裤、各种缺憾。

不管你会不会游泳，不管你的泳裤泳衣长什么样子，不管你的身体形状为何，让我们一起去海滩，笑着，手牵手，让海，温柔接受我们。

陈思宏

曾获林荣三文学奖小说首奖，著有《去过敏的三种方法》《叛逆柏林》等。

青苹果乐园

骚夏 / 文

"1、2、1、2，麦克风试音……"重复的麦克风回音让母亲有点恼怒，她骂他们："破麻。"其实我和妹妹讲话比较大声或家里那只母狗吠不停的时候，她也会用"破麻"来骂我们。当时的我以为她是指"很吵"。

我跑去拿我的折叠望远镜——克宁奶粉送的，隔着公寓的铁窗往外面看。我家住在五楼公寓的最高层，我的望远镜穿过毫无装饰的铁窗栏杆，这种防贼用的铁窗，把人住的房子围成安全的兽笼，其实也有多次公寓失火烧死人的社会案件，是因为铁窗受困。

身在安全的兽笼又可以居高临下用望远镜看外面，令人有一种优越的错觉，长大后能理解这就像戴墨镜看人的道理。我攀到铁窗上想看更清楚，不久就被斥责下来："拜托都大人大种了啊，姿势不要这么难看，你的内裤都要被楼下的人看光了！"

我见到了，之后也看过几次，但都远远的。

当时我也只是围观群众，围观的人多，意味成交的机会就会愈多。我对这样的生意完全无法贡献什么，甚至不能称为客人，我只是跟着有机会变成客人的大人，混在人群看热闹的小孩。

小孩仍很重要，小孩是重要的音效，例如拿长夹从蛇笼拖一条蛇出来的时候，童声的尖叫是一种掌声作用的开场。宰杀之前通常是展示，拿来展示的蛇通常不会被宰。展示的同时，蛇笼会拖出另一条蛇，生意好的时候是一条又一条，你甚至不会觉得那是蛇，比较像是一条粗绳。它被很随便用那种在文具店就买得到的，用来夹全班考试卷的金属山形夹把头尾固定，然后用好像也是可以在文具店买得到的尖头剪刀，先是比画距离，刺一下剪一下，像是小孩的劳作课；绳子感受到痛的瞬间会扭曲一阵，伤口处有些肿胀，然后它会被用力拉直，挑出心和胆，血倒在另一个大杯。

人很多，我仍看得很清楚，因为我的望远镜就挂在脖子上，麦克风自己先试一口，鲜红的嘴笑开像是嚼槟榔，麦克风扩大了他啧啧的赞叹声：这男人女人都可以喝，红色的液体有很多好处，就连"囝仔半暝偷尿床也有效"。稀释过的蛇血已经用白色塑料杯分装好了，清肝解毒养颜美容，适合春夏秋冬，"你看阮小姐的皮肤就知道了，要饮的人举手，小姐就会端给你"。

场子还是不够热，麦克风手一挥，音乐开始很煽情，"今天我们歌舞团第一次来到这，我看各位贵宾都很斯文，害我们小姐很寂寞……"麦克风从后台带出一位披着薄纱的女子，她几乎没有着衣，穿着缝有闪闪亮片的丁字裤，麦克风勾着她的手绕场半圈，像是刚刚展示蛇那样。

有人吹起口哨，但哨音后面有点气虚。

"那刚刚有捧场的贵宾请举手！"

"你若来捧场，我们也照顾你，来来来，可以摸，可以亲，可以抱，但是拜托大家不能咬。"麦克风拿出最大的诚意，终于有一位勇敢的叔哥走向前，麦克风把叔哥的手搭在小姐的肩膀上，"免客气啊。"

那位所谓的小姐，我呆滞地看她很久，她让我有点不明白，对，她让我有一点疑惑，她已经是小姐了吗？我觉得她一点也不像小姐，她个子不高，比较像是大一点的小孩，她不对称的胸部似乎像我一样还在长肉，和我洗澡时看到镜子里的自己相仿，尚未具备所谓的乳房，她有一点驼背，她的驼背可能是因为成长痛，母亲说：这是青春期年纪常见的。

但她是今晚的加码，不久就被一群男人前后左右围着，我听到旁边有人窃窃私语，我的胸部同时也隐隐作痛起来。

看搭舞台的规模，大概知道晚上有大团的表演，商展固定在礼拜天晚上，但并不会每周都来，每次来的团也不一样，他们都不是这里的人，他们和舞台都是搭货卡车来的。有卖蛇的，通常会先卸蛇笼，然后才去搭舞台，蛇好像是活广告，路人会开始在蛇笼旁边围观。我为什么这么清楚，因为我有折叠望远镜——克宁奶粉送的，除了自然课观察，我常常用望远镜来看人，但是看不清楚人的面色。

这样的歌舞团通常在商展的尽头，它和卖吃的、卖穿的摊贩们刻意保持一点距离，同样和那种适合"合家光临"的小贩保持距离的是歌舞团旁的"麻将宾果"摊位，老板会机械式地念着数字，给人听牌；不然就是会摆几台"水果玛莉"这种电动玩具机台，每次投个五块、十块就可以玩押注金币、赢得金币的游戏，虚拟的金币会兑换成真钱，硬币当当当当掉下来的快感和输完一整个星期零用钱的哭泣，都是给我的机会教育。

虽然大人们没有禁止说不能走到商展的尽头去看热闹，但是我有感觉还是远远地看就好，回家也不要提。偶尔我会远远地看到父亲或邻居的父亲们往那里走去，看到他们，直觉也会教我要闪得远远的。

"有想吃烘鸡翅仔吗？大家做伙去逛商展？"当然好，当然好，商展的东西都好好吃，铁板面牛排、猪血汤、蚵仔煎、烧烤、爆米花、红豆饼、鸡蛋糕……烘鸡翅仔摊前总是挤着人，都是现点现烤，涂着厚厚的甜酱油，烧烤摊后面有一具相当巨大的电扇，不停转动的扇叶，让炭火持续烧红，带着甜腻炭烧味的热风，让站在那边等待的顾客，脸也是红的。

而卖录音带录像带的老板，通常会播着苦情的闽南歌，老板会用签字笔在牛皮纸板写着闽南语歌汉语歌还有佛经，用自己的逻辑分类，找不到想听的就问，通常老板会先兜售价格较低的盗版带。

"你要小虎队？这张所有主打歌都有，有《青苹果乐园》《逍遥游》《男孩不哭》。"

"我不要盗版的，我要原版的。"基于当时对偶像的忠诚，红遍大街小巷的小虎队让我买了人生第一片非盗版卡带。

"周末午夜别徘徊，快到苹果乐园来，欢迎流浪的小孩……"

啊是小虎队！听到音乐声，我手拿啃一半的鸡翅膀，再度回到公寓的阳台，拿着望远镜往商展尽头看。

声线有三个，两个成年的女人声音沙哑，还会随兴在间奏中加上"摇唷——摇唷——"很吵地助兴，然后我听到我妈妈又在背后骂："破麻。"

她们穿着白色亮片的舞衣边唱边跳，不过她们身上的亮片，似乎有些脱落，像是水族箱中得病脱鳞的观赏鱼，特别是在上半身正面胸部的地方尤其严重。台上所有人中唱得最开心的，是个子最小的那一位，比起刚刚初登场时的低头僵硬，她唱"啦啦啦啦尽情摇摆，啦啦啦尽情摇摆……"还会学小虎队的摇摆和手势，我猜她应该和我一样也是小虎队歌迷，她很会唱很会摇，我猜她该不会最后也会学霹雳虎翻筋斗？

麦克风鼓噪大家："来宾请掌声鼓励。"

于是她当了两次今晚的压轴。

骚夏

文学书编辑、企划，著有《骚夏》《濒危动物》。

梦蝶之音

傅月庵 / 文

　　周公沉默。人很多乃至于两人相对，他都可以静静坐着，一语不发，坦然自若。曾问他为何话少？修行的一种吗？"我啊，拙于言辞，常讲错话，干脆不要说。"答案很普通，却不容易。

　　我就不行，或许没自信吧，总害怕沉默。对方若不响，我便紧张，急忙找话说。从前听人嘲笑"今天天气真好，哈哈哈～"这样空洞的寒暄，只觉好笑。出了社会，有时真找不到话题，竟也就拿来用了。——沉默让人害怕，总感觉有什么在后面蠢蠢欲动，伺机噬人，遂得以"话语"当鞭炮，吓走那不安，像赶年兽。

　　却似乎没见过周公不安。与他交往，眼见有些不以为然，甚至不平的事，替他着急，甚至愤怒："周公，这样是不行的啊。"他最多也仅是手托颚闭目想想后，张开眼，若无其事将手一挥："别理他！"又继续沉默，直到你忍不住，开了另一个话题，凑到他耳边乱讲："周公啊，不骗你，将来总有一天我会帮你编一本诗集，特别漂亮特别厉害……"他又笑了，又挥手，这次连一个字都不想说。

　　梁实秋先生写过一篇文章，说他有个沉默寡言的朋友，某次来访，"二人默坐，不交一语"，烟一根一根抽，茶一口一口喝，直到"客人兴起告辞，自始至终没有一句话"。若非文中"已归道山"四字，我颇疑那人是周公了。他亲口跟我讲过一件事：初初写诗，经常向余光中先生请教，厦门街余家访客多，一个接一个，余先生谈笑风生，应接不暇，直到人都走光了，方才发现最早来的周公一语不发，在角落静坐了一整个晚上。"他还一直为了冷落我而道歉！"说到这里，周公笑了，露出那出了名的腼腆笑容。

周公不声不响，他说是"慎言"，我却相信到了晚年，根本已"忘言"：一切不需说，由人随便讲去，尤其人间是非恩怨种种，简直"一默如雷"！但也有想说的时候，譬如讲到最近读的书，昔日的友人，尤其女生，他话便多了些。顺藤摸瓜过去，很可能就是一颗大西瓜——毕竟未到"太上忘情"地步的"有情人"啊——每次"摸瓜"有成，我总会想起日本禅僧良宽和尚晚年与贞心尼的一段"罗曼史"，暖暖内含光，以其无邪，故而赞叹。

诗得大声读，光看不够。这一传统，如今似乎只限于诗人圈里，读者不与焉。这么老的诗人，周公朗读其诗，想必也节奏自得。我却始终没听他读过。还是在纪录片《化城再来人》里初次听到：

若欲相见。只须于。悄无人处。呼名。乃至。只须于心头。一跳。一热。微微。微微微微。一热。一跳一热。

《善哉十行》的一段，声调锵然，语音苍然，绝无新诗朗读常见的"作腔"，低回缭绕，入耳难忘。浓厚的乡音，竟成了某种时代的回响。

二〇一四年初夏，周公病危，几次进入加护病房探望。罩着氧气的他，口不能言（即使没罩，怕也是沉默耳），我拉着他的手，静静看着，自也无言。脑海想到的是台静农先生名篇《伤逝》里的话："当我一杯在手，对榻上的老友，分明死生之间，却也没生命奄忽之感。或者人当无可奈何之时，感情会一时麻木的。"

最后一次探望，才到家，电话来，旋即车奔返回医院，到达时周公已归去，面目如生，安息如眠。

　　一年七个月之后，无话找话说的套书《梦蝶草》（扫叶工房）终于编成，除了诗集，还有一张老先生朗读诗作的CD，以及手写《心经》复刻，是否"特别漂亮特别厉害"？我也不知，但至少，"生死之约"践履了，绝非说着玩。

> 隐约有一道暖流幽幽地
>
> 流过我底渴待。燃灯人，当你手摩我顶
>
> 静似奔雷，一只蝴蝶正为我
>
> 预言着一个石头也会开花的世纪
>
> ——周梦蝶《燃灯人》

傅月庵

本名林皎宏，资深编辑人，偶亦为文。著有《生涯一蠹鱼》《天上大风》等。

如果艾雷，值得叙事

高翙峰 / 文

在持续寻找威士忌的日子里，有一段不短的魔幻时光，我沉迷于艾雷岛威士忌。

我单纯以想象，想象着艾雷岛。这种想象上的甘愿，就像过去曾经被一部绝版的小说《亡军的将领》给迷惑拐骗，只要走进二手书店，眼睛只愿意寻找那本书，心底只惦记着那个寻觅战士尸骸与自己亡灵的故事。

我开始在网络上寻找关于艾雷岛的关键词——泥煤、烟熏、碘酒味、岛屿海藻、地板发麦、发酵木槽、石楠花、褐色泉水、Port Ellen、艾雷岛大麦、苏格兰威士忌的发源点……这些就像小说的细节幽灵，有机的组件，渐渐立体地呈现在计算机屏幕。

这些艾雷岛威士忌的关键词，着实让我迷惑了好长一段时间。

迷惑不是因为距离，也不是因为另一座岛屿上萧瑟与寂静的照片，而是关于艾雷岛威士忌的描绘。面对威士忌出版品与网络爱好者与专家们的讨论，一开始我深陷其中，仅仅是一名阅读的恋者，而这几乎也是所有。但随着更多的阅读，我陷入一种"艾雷岛式威士忌的既定印象"。

这些麦酒文章的叙事论述，像似在纸上画出来的旋涡，与岛屿东边海心的巨大旋涡（Corryvreckan，欧洲最大的海洋旋涡）一起共鸣着，持续绕转，让我对艾雷岛威士忌的爱，也慢慢生出了质疑。

这种吊诡的叙事旋涡，也出现在沟通村上春树小说的时候：当我们讨论村上春树，讨论的是他本人呼吸于写的节奏，还是赖明珠翻译生成的村上图腾？

这讨论的起点是：读者愿意相信，阅读文字是在采集作者对于文字施力的一种节奏。透过这个节奏的掌握，我们偷偷听见了小说家赖以活着的呼吸。

这类关于译文本与原文本的讨论，在喜爱村上春树的诸多国度，都曾经深入讨论。随着时间繁殖，我更深入生活的原点，反问：这些讨论的意义，究竟为何？

读与喝，都是写者与饮者的平凡行动。这时候，意义上的讨论，都偏离了日常。

随着喝，缓慢的喝，快速的喝，低温与常温的喝，等比例加冰兑水的喝，偷偷日式水割法的尝试，不再青春微醺之后的追酒，以及绝对清醒时的理性续杯，我慢慢记录下几种关于艾雷岛威士忌的定置回声：

泥煤烟熏，是威士忌的王道。

艾雷岛会是苏格兰威士忌饮者的马拉松终点。

艾雷岛的威士忌，不是完全迷恋，就是无法融入。

单一麦芽威士忌，需要从不理解艾雷岛开始喝，绕过一圈苏格兰其他重要产区，再回到艾雷岛，才能真心喜爱上泥煤烟熏，和突然冲鼻未饮的碘酒药味。

泥煤度（PPM），是传统蒸馏厂的挑战，也是独立酿酒师的标示品牌实验度的指标……

这些尾随在品饮者之间的流语，重复叙述，不断堆砌艾雷岛威士忌的高度与难度，也慢慢让艾雷岛威士忌不容易亲近，又给人追捧的特质。这样的堆砌过程，像是一位有实力的小说家，先是聪明营销与广告，设定了作者的高度，因此被奇妙地推捧，然后被推送到了盲从的高度。最后，小说家抵达了自我身影在作品中无限放大幻象的状态。

这类的传奇，无须多余的神秘，多半是诸多小小的偶然与巧合，才能造就。

那些勉强为之的尝试，在一阵一阵细雨沿着窗台滴落的过程，最后都被净身洗涤。

这一点，从台湾这座岛屿，在全球销售与饮用单一麦芽威士忌的量能上，可以类同推论。

这也是艾雷岛威士忌目前给我的外部感觉。这么描述，并不说艾雷岛威士忌，名过于实。恰巧相反地，我也是被这另一座岛屿的威士忌，深深迷惑，紧紧困缚，愿意为她们堕落到骨里。只是艾雷岛威士忌在台湾的奇特现象，令我不解与好奇。

究竟是盲从给了艾雷岛威士忌该有的高度？还是百年以上的蒸馏厂历史，一直以来都在"岛屿型威士忌"上占有独特位置？我一直认定是后者；但前者的市场声量，有如一片盲目花雨，随着酒液滑过嘴唇，引我卷入辨识与叙事的障碍。

为了至少一个单纯去理解的视角，一次干净的品饮记录，一次可能的威士忌记忆，我试着寻找自己与艾雷岛威士忌，偷偷爱恋的方法。

就目前比较容易寻获的艾雷岛威士忌，家里备存有岛上八家酒厂的基本酒款。据知，已经有第九家蒸馏厂（Gartbreck distillery）在筹备运作，在不久的将来蒸馏出新酒装桶，诞生于那座威士忌饮者乡愁的艾雷岛。在决定写艾雷岛威士忌那一晚，我先找了原厂蒸馏，也比较常见的标准款，一小杯一小杯喝过一轮，才真的意识到一连串重要的叩问：

如何以威士忌的色泽、香气、酒体、口感、尾韵，来铺陈另一座岛屿的想象？

艾雷岛，也是另一块陆地边缘的岛屿，并不容易轻松记录成文字。

要先写哪家蒸馏厂呢？

用什么样的指涉，切入我心向往的命题？

试着用何种关于记忆的视角，触摸这八家蒸馏厂的威士忌？

面对单一麦芽威士忌，我一个人的任性是什么？

启动这些思索，我怀有不同的微小恶意。而这个微小恶意，是基于想要透过威士忌寻找新的叙事语境的可能性，而衍生的偏执。

艾雷岛不在我的旅者地图上，不在飞行的累积里程数上，不在标准品饮笔记的记录上，那么艾雷岛与我的距离，究竟为何？它与台湾这座岛屿，相对于我的距离感，又为何？

面对另一座岛屿，我有很多遐想。在真的出发并抵达艾雷岛之前，已经忘了有多少个夜晚，我以梦呓，流连在这座岛上的不同蒸馏厂。如果真的抵达，我会静静待在那座岛上，试着拥有一段属于它的完整时间吧！

我时时如此说服自己，这个抵达，不要太早到来，这样才能豢养另一座岛屿的饥渴想象。即便这个想象有可能不符实际，与认知有落差，甚至让曾经诞生的想象濒临于死，我都觉得那是一种美丽。

也因此，我能想象波摩蒸馏厂（Bowmore）古典的木槽发酵桶里，有某些特殊的菌种，静静待在使用了数十年的木质缝隙间，诞生，并死去；再次变异诞生，然后再死去。数以千万计的它们，留下养分，一如书架上那些经历过无数轮回的小说家，以及他们留下的小说，与关于小说的论述。

被光与影俘虏并持续进行的想象，还有静静躺在拉弗格蒸馏厂（Laphroaig）室内地板上静静呼吸的大麦，等待翻麦工人拿着铁耙，轻轻犁过平铺的大麦。接着，我就会听见麦芽初醒的声音吧。说不定，还能听见布雷迪蒸馏厂（Bruichladdich）自家装瓶厂内，那些原厂酒瓶走过机械履带的清脆碰撞。说不定，还能看见拉加维林蒸馏厂（Lagavulin）燃烧泥煤时，火的光色，衬着艾雷岛本岛上的契作大麦，在晚霞红光下摇摆……度过了这些夜，在某一个有烟斗陪伴的晚上，我闪过一个念头：以她之名，面对艾雷岛上的威士忌。

这或许与许多人听闻艾雷岛威士忌的"男子汉硬度"，有些不同。但往返喝了许多夜晚，我却真心觉得，Ardbeg是她，Lagavulin是她，Bruichladdich也可以是她，即便是挑战泥煤PPM原始极限的奥特摩（Octomore），那宛如妖姬的疯狂甜美，我都想试着主观叙事，以温柔阴性的"她"之名。

这只是我自己男性视角的一厢情愿。回想过去工作的实际经验，经历十年以上投入，依旧保有爱好的几种事物：小说、手表、威士忌和女人，都与时间有关。

写小说，记录活的轨迹，对抗活的焦虑，一个人独自掉落小说时间的细节缝隙……这些写小说的痛与自虐，我不在这里多聊，留给过去与未来我可以写落的小说，由它们以及那些角色、那些故事，亲吻读者的眼。除此之外，对于爱上了的后三者，使用"她"似乎都不会不妥。

手表，定时器，计量时间本身的器皿。比如秒针，我从看见她的弹跳舞步，过渡到优雅的滑步。

威士忌，熟成时间。酒体，是无法入睡的。她困在密闭的橡木桶里，持续醒着好久好久，我才借由她发现时间可以变化气味，变化辛辣感，变化酒精度，变化琼浆的染色体。她与她们就这样醒着，让时间进入温柔湿润的液体体内，如卵子受精，然后改变一切。

女人，一直让人爱上的另一种躯体。我也是会爱上的，并试着持续去爱，即便我可能丧失了去爱的能力。但由她为土地孕育的新生命，我愿意在灵魂死去之后，由孩子接续曾经是活者的时间。

这一切都关于时间。如果不是，我无法理解自己与她们被诞生出来的意义。

安于这样的心情，喝着艾雷岛威士忌的时间，也就慢慢立体起来了。

每一次面对，都是敲打橡木桶开桶的一瞬间。你也许不相信，在喝的过程，有时连物体、景深、角色，都会在空间里慢慢显露出她们的灵魂。

随手翻读已逝威士忌殿堂级大师麦克·杰克森（Michael Jackson）的著作：《麦克·杰克森：麦芽威士忌品饮事典》（第六版）（以下简称《品饮事典》），那些描绘威士忌的"颜色、闻香、酒体、口感、终感"的品饮记录，对于着迷于文字叙事的我，是一场经历想象旋涡的过程。

我先誊写，麦克·杰克森对于拉加维林16年单一麦芽威士忌的《品饮事典》笔记：

Lagavulin 16-year-old, 43 vol.

颜色：饱满的琥珀色。

闻香：海浪、泥煤烟熏；嗅觉后端有些刺激。

酒体：饱满、平顺，非常坚实。

口感：泥煤的干涩，好似加了火药的红茶；当口感逐渐发展，出现油性、青草，以及明显的咸味调性。

终感：泥煤火焰、温暖，有如紧紧的拥抱。

分数：95

我以抖落的抽象，试着解读麦克·杰克森的文字：

颜色——"饱满的"，闭上眼的我，也能想象那一直一直重复在梦里的色泽。

闻香——"嗅觉后端"是一个充满阶段节奏感的描述。让我在思考气味中等待"后端"的时间点，以及这个后端时间点到来的瞬间，"刺激"可能为我带来的记忆。我试着将鼻子更深入标准杯内，停留时间也再久一点，试着放大被描述的"刺激"。

她是典型与饱满的艾雷岛泥煤烟熏气味吗？因此才被描述为刺激？

还是如麦克·杰克森所记录下的"海浪"？

是海浪的气味。从海浪最初也是最深的距离，一路涌到岸边的气味，又会是如何？

我摇动杯身，让酒浪一波一波推动气味涌入鼻腔。那些没有被写出来的复杂辛辣，甚至是腌渍海带小菜的辣味酱油香气，都开始出现。从海上来的气味，还有更多难以描述的，无关人的记忆，而是各种岩石的记忆：像是"岩石的干净意志"的无数气味。

酒体——"非常坚实"的一种酒液。如果与低地区的蒸馏厂比较，很快就能将这样的"坚实"立体起来。因为她像一道柔软但厚重的泥墙，遇上了舌尖的推，一样可以让坚实感觉在口腔里滚动，完整传递出她特有的尖角与边脊。

口感——"好似加了火药的红茶"这一句，如同麦克·杰克森曾经写下撼动过我的其他句子，让我惊艳不已。在干涩但有香气的褐色液体，如果偷偷洒入小时候玩具左轮手枪的火药粉，会出现什么新奇的味觉？因为这样的联想，我不断挤压着记忆——我的小时候，究竟是什么？还留存什么？哪些留下的是要被遗忘的？还有哪些已经固定在脑海，描绘了永久的画面？

终感——"泥煤火焰""温暖，有如紧紧的拥抱"，这是两种（或者三种：将温暖与拥抱分开）体感式的描述，都跳脱了一般对于品饮"终感"的写实描述。

这类的抽象，一直以来都不特别需要清晰的指涉。

在仅仅只是足以感觉的世界里，这样的叙事描述，总是像略带潮湿的柔软空气，令我安心无比地躺平，安于呼吸。泥煤火焰的视觉感，温暖的体感，以及紧紧的拥抱所带来的柔软、气味、触感，给了一口酒"尾韵"的极大想象。

麦克·杰克森以文字解读了她，我以他的文字解读了她。

在品尝拉加维林16年单一麦芽威士忌的过程，我想象着他的文字，以想象她。然后开始生成属于我的画面。如此从文字生出画面的过程，在那一年跟着台湾弦乐团前往欧洲巡回途中，我在法国的音乐厅里，透过聆听弦乐，轻轻地触及，清楚看见了画面的形成。

看见抽象描绘的画面，这是人活着可以拥有的经验。

一个人，还能清醒着，闭上了眼，在似乎有光的暗影眼睑里，视界失去辨识坐标的片刻，如果还有值得追求的，或许就是看见了什么。

因为音乐生成的大麦穗浪，

因为气味呼出来一条笔直的空拍海岸线，

因为抚摸过小腿肚皮肤而唤醒的一位曾经喜欢过的女孩，

因为亲吻另一片嘴唇，在闭上的眼里，出现了她微微干燥的上唇。她舌尖的潮湿，有果树木头的微辛。她近近呼出的喘息里，有低调淡甜的巧克力苦涩。

这是喝的过程，也是看见的过程。

我曾经看见，一定也有无数的另一个人，和我有相同的味觉共鸣，看见了这支拉加维林16年单一麦芽威士忌。

接下来要追问：另一个饮者，看见了什么？

在《品饮事典》（积木出版。麦克·杰克森与执笔群合著）里，有一段是由执笔群之一的戴夫·布洛姆（Dave Broom）描述的拉加维林16年单一麦芽威士忌：

拉加维林16年

43%

颜色：深琥珀色／古铜色。

闻香：丰富，具有香气且复杂，带有枪械硝烟、烟火、拖网线、炖煮梅李及黏稠的焦糖布丁等香气；雪茄烟及小种红茶。

酒体：饱满。

品饮：非常的复杂；干海藻及香水般的烟味。

尾韵：非常长；烟熏、浓茶。

另外值得一提，在戴夫·布洛姆个人著作的《世界威士忌地图》（大石国际文化出版，二〇一五年全新增订版）里，他笔下的她，生出了另外一番风貌。我誊写如下：

拉加维林品饮笔记

16年　43%

气味：厚实、刚劲，且复杂。烟味非常重，混合了烟斗的烟草、熏窖、海滩的火堆、烟熏屋等气息，与熟透水果味合而为一。少许杂醇油和正山小种红茶的味道。

口味：稍微油滑并冲击着烟味。首先是带着一丝药味的水果味，伴随香杨梅，同时烟味逐渐延伸到味蕾末端。优雅。

尾韵：绵长与复杂的组合。海草与烟熏味。

结论：展开快速，奔放的特质开始收敛至海岸泥煤的精髓中。

我不再挖掘"炖煮梅李及黏稠的焦糖布丁""香水般的烟味""海滩的

火堆""少许杂醇油和正山小种红茶的味道""奔放的特质开始收敛至海岸泥煤"……这些美丽辞藻所带来的抽象冲击，和这些文字描述出来对嗅觉、味觉延展的体感可能。在这本书中，作者将她归类在"烟熏泥煤型"的风味阵营，并赋予延伸品味的对照组是朗格（Longrow）10年单一麦芽威士忌。这记录的变化，是体感的改变。或许是因为16年的拉加维林，在不同时期装瓶，酒体有略微的差异；但更有可能是饮者的心境不同了。

造成改变的原点，依旧是时间。不是拉加维林的熟成期增长，而是喝的人在这段书写与记录的间隔，又活过了另一段被持续影响的时间。

饮者"活的时间"，被光与影的风吹移，重喝时，记忆，也就悄悄地被自己篡改了。

每当这么想，喝一小口拉加维林16年，就像抽出文·温德斯的《一次》，再一次进行重读。而这《一次》，已经生成了一次全新的观看视角。

一次，以及，再一次；对等思考的是，曾经的一次，以及更多已经逝去的一次。

我邀请自己想象：如果每一口威士忌，就是曾经的一次。如此一来，威士忌的叙事语境，也可以是一次的沟通；也可以像是"小说重读"，带来不同层次的体感价值。当然，一次有选择性的沟通，是只沟通对威士忌有所感动的人。一如小说，也只对故事与角色发生情感投射的人，进行时间差沟通。

不论是一次，还是多次的一次。上述那些紧密排列如橡木年轮的体感文字，像似走入花艺展览馆的视觉，如何在威士忌作家的脑海中形成？然后被写落，记录成一次品饮笔记？

这么提问的原因是，在粗糙与有限的视角里，曾经阅读过的威士忌文章，多半完成了记录，但鲜少流溢出记忆；更多的是扎实的知识描述，但不一定会突然飘浮起来，生成语境。这些讨论威士忌的文字，都成为我着墨威士忌的美好养分。只是别扭的写者如我，想要试着进入的是：关于威士忌的书写，是否有天使分享过程中那种神秘幻化，并逐渐消逝的幽微时光，让抽象叙事摇摆起来？

在写小说时，我深刻体会过，这类抽象经验的生成，实在不容易描写；一旦落地成字，却又真的迷人迷惘。因为关于记忆的语境，宛如一种瘾，比酒精本身更容易坠入。

对于一位因文字而迷醉的小说家，没有语境，再多威士忌都是多余的。

这些关于语境的思索，都还不是句号，都还在路途上，在微醺的时刻向前走几步，在味蕾与鼻腔苏醒的时刻，出现属于威士忌的逗号。这些美丽的酒精遐想，推动我持续品饮，持续写字，不停抖落平地矮树上的初雪，尝尝曾经住过三年的北京冬天味道；推着我走过一次没有时间限制的台湾乡间，走过一户户美丽的小农家，嗅闻与品尝，那些……

逝世外婆热炒的猪油肉汁，

孤单安静老人烘烤的龙眼干，

飘在天空中熟成的剥皮甜柿子，

散开于山区小学的杜鹃花蕾，

太阳下整齐排队等待烘干的干萝卜，

正在微笑的无糖蜂蜜，

叫卖中的咸味南瓜子和被捏碎外壳的黑金刚花生，

坚果家工厂飘出的杏仁芝麻混合养生粉，

岛屿东岸海风吹拂后包装的金针花花瓣，

由岳母曝晒而干燥的客家长豆，

任由光线穿透而发光的红金乌鱼子，

被雨滴沾染、突然懂了悲伤的吉野樱花花蕾，

被海水包围又挣脱的东石牡蛎，

淋过热糖浆之后加层一张冷白脸的麻花卷，

又或者是，在夜里响了一声无事，但引我想起一生的热软爆米香，这些……

种种在地事物，在微光里的色调，由呼吸走神的气味，入口之后由舌床扰动的软硬度，以及吞咽之后再呼出的、最后一口关于自己的尾韵，才是属于我个人用来发现、辨别、分类，并用以沟通威士忌的文字。

我以文字填写空白，将时间与记忆镶入自由活着的酒体里：

威士忌的时间，终究会熟成出值得的记忆。

威士忌的记忆，终究是由触摸了时间的人品饮。

这两者的交错，是品饮威士忌时值得记录下来的语境。从气味、味道的记忆底层，拉扯出幻境里的威士忌轮廓，记录以时间，记录于时间。

这不只是想象：威士忌，是值得被落实成抽象之后再生具象的液体；威士忌，是一种能引来无以名状的生命之水。

品饮威士忌，我想先把"品""饮"分开，并简单赋予最表层的解读：前者，是写者记录威士忌的想象落实；后者，是饮者记忆威士忌的抽象过程。

这么描述，是偏颇的。我放大了想象与抽象的表述，缩小了写者可能挖掘到的实际体感，也可能忽略了喝的过程中，诸多饮者因威士忌而累积留存的"相似共通点"。我意识到这个皮层论述，反扑了自己先行的论述。但我深深相信，威士忌真的有一种语境，值得写者追寻。反向来看，如果无法赋予威士忌书写一种"等于创作"的绝对自由，那么如此主观的品尝与享受，对于另一位饮者，其实没有意义。

这样的套论，真的是顽童的诡辩。就像孩童时，我老是用手指偷偷伸进外婆的糖粉罐子，偷吃得逞了，又说没有沾到；被追问还要不要，又说刚刚吃得不够。饮者与写者，喝过写下了，又被记录的经验，翻转了先前的感官。

对爱好者来说，威士忌书写无法烙印标准？关于创作的载体，大量的先行者至少都给了我们最美好的宝物：那个似乎可以说清楚又模模糊糊的外围框架。

色泽

香气

酒体

口感

尾韵

这五个切入点，是我认识与记忆威士忌的甜蜜五角形。

以五角形的量能程度图来分析威士忌，会出现无数相似，又不完全一样的块状图。每个不同的五角形块状图，都是每一支威士忌的光谱。然而在风土、原物料、蒸馏制程、法定规定等雷同的限制前提下，苏格兰单一麦芽威士忌会辐射出什么样的光谱？

对于不喜爱威士忌的人来说，"差不多"可能是标准答案。只不过，陆地与岛屿的风土、壶式蒸馏器的形状、漂洋过海的风味桶、熟成年龄的时间长短、首席调酒师的鼻子与味蕾，甚至是橡木桶熟成期间距离地板的高低、储藏室距离海的远或近、海风是否强劲……这些单一、微小、琐碎也繁杂的可变因素，不停交错影响，让每一支威士忌呈现出可以辨识差异个性的细节。

在享受威士忌的同时，最撩拨饮者心弦的，就是威士忌差异的探寻。

这种异质个性的比较，在艾雷岛上，最有趣的对比，莫过于紧邻着岛屿南岸波特艾伦港口的拉弗格、拉加维林、雅柏这三家蒸馏厂。它们在基尔戴尔顿（Kildalton）海岸，一线罗列排开，是麦酒迷的艾雷星芒。

只要是已经进入艾雷岛区的威士忌爱好者，应该都能理解，这三家酒厂在"碘酒、火药、泥煤、烟熏"这四种品饮关键词上，肩负着传教士般的身份与任务。

关于这三支威士忌，我做一个不合常理的实验对比：深夜喝完拉弗格10YO、拉加维林16YO、雅柏10YO，这三支威士忌，不洗杯子，数个小时后的隔天清晨，细细嗅闻这三个空酒杯，寻找前一天晚上干燥之后，她们留存的最后一道呼吸。

拉弗格留下了：土香。

拉加维林还有很立体的：焦果。

雅柏留下依旧浓郁的：烟甜。

一个夜晚过去，让原本呛辣的她们全身裸裎，在杯底遗留最单一的气味尾巴。

这个小对比，是偶然发现的。这三者的隔夜余韵比较，一定程度摆脱了"蒸馏器"与"泥煤"带给这三家艾雷岛蒸馏厂的原点限制。沉睡一夜的她们，因为过长时间被空气侵扰，而生出淡淡海水、泥沼与新铁的杂气，同时也淘汰那些术者埋藏的美好陷阱——层次繁复但也脆弱的嗅幻觉。

在幻术消失前的最后时光，留存下来的，就只剩下纯粹认知的讯号。而这些最终活下来的余韵，看似单一薄弱，却有利于靠近威士忌的根性。

最终的余韵，会不会是炼金术者埋入的种子？我时时自我提问，就像面对小说的结尾。

不论是威士忌，还是小说，多半是透过比对，更深入去捕捉她们的形式。

比如，单一酒厂的垂直年份品饮经验，模拟思考依出版年份阅读石黑一雄的长篇小说；比如，苏格兰北高地区、西高地区、东高地区的威士忌风土影响性，也可以试着选出哥伦比亚的马尔克斯、墨西哥的鲁尔福、阿根廷的科塔萨尔、秘鲁的略萨，进行国度分野的拉丁美洲文学探索；又或者，限定苏格兰本岛南边的低地区，探索欧肯特轩（Auchentoshan）、格兰金奇

（Glenkinchie）、布莱德纳克（Bladnoch）、小磨坊（Littlemill）、玫瑰河岸（Rosebank）这些少量尚存或已经关厂的蒸馏麦酒个性，以此细读太宰治、村上春树、吉田修一、吉本芭娜娜、柳美里的日本私小说风格……这种种垂直、横向、区域风格化的比较，让单一麦芽威士忌也充满了小说形式变奏曲。

威士忌的诞生也是充满了"形式先决一切"的认知基础。在诸多形式、形式、形式的标准下，苏格兰产出的蒸馏麦酒，才足以让饮者在受到规范的狭巷里，拥有像是液体一样流动的叙事自由度。

限制的场域，美学的所在。这与我深爱与唯一依赖的小说，如此相似，也使人酩醉。

属于我的，拉加维林16年单一麦芽威士忌，因此有了一丝记忆的可能。

那一夜，我煮熟了三颗温热的芝麻汤圆。那一夜，拉加维林16年单一麦芽威士忌，突然变成我十分深爱的一支威士忌。一切都很突然。就像我突然懂得汤圆外皮的黏稠感，与优雅有关。而汤圆的内馅，芝麻的甜与蜜，在与麦芽金的体液交融之后，我接续写出了关于满足的记忆：

那一夜，持续是威士忌饮者的我，离开了熟悉16年的月刊杂志工作。以此思考时间，会知道时间的无感、冷血与绝对客观的本质。16年，是我的杂志工作生涯的全部，但刚好只是一瓶威士忌熟成装瓶的最低年限。时间如此，生活又该如何？我决定重新调度秒针分针时针的感觉，使用更多的时间，陪伴儿子去踢足球，打网球，一起煮饭、看漫画、选电影……做一些无比日常的小事。希望在儿子还需要我的时间里，静静站在他的身后，一同凝视他踮脚眺望的方向。

当我喝一口拉加维林16年，儿子看着我说，"喝酒，好吗……威士忌，好喝吗？"

我叼着烟斗，看着他小小的、瞳孔略多的黑眼睛，一派正经回答他，"等你长大了，就会知道，真正的问题，一直都不是好不好的对与错。现在我喝的威士忌，其实没有对错，也可以是一种好。她之所以被误解，是因为人给出了恶意。你怀疑的'喝酒，好吗'，不是威士忌的原罪。"

我似乎看见了，儿子深黑的瞳孔里有更深的疑惑：原罪，是什么？

这样的一次夜间，我妥善藏在心的缝隙。想象着，有一天我和他终究会聊到"原罪"这个问题。在那之前，我希望儿子静置在岁月的木桶里，能够熟成的慢一些，长大的再慢一些，像个新酒孩子的时间，再长久一些。而我则试着为自己藏好记录，在这段不上下班的时光里，活着，是否有机会可以简单；活者，又如何以减法，将自己献给天使分享，熟成为一支纯粹写者的威士忌。

高翊峰

小说家导演、编剧，现专职写作，著《家，这个牢笼》《肉身蛾》等。

推理小说好吃吗？

张亦绚 / 文

如果不是为了让凶手在餐饮中下毒，推理小说有何必要——要一再提起食物？

也许完全在某些读者的意料之外：食物在推理小说中，并不一定被用来进行谋杀。小说中充斥着不能致人于死的食物，它们无辜又无害，难道功能只是——让读者的肚子咕咕叫？

"要为警察准备食物吗？——《私家病人》中，度假型庄园医院（我们可能比较难理解庄园一词在英国社会中的阶级意涵，大宅一词也许可以作为补充）中的厨师困惑地问他们的管家。这是个实际的问题，也呼应小说对社会阶级的批判性刻画。警察可是官可是民，阶级属性是暧昧的。

罗宾·波伊顿这个角色，经常可以触动这方面的敏感神经：他的阶级地位也不明确。这令他与其他人都尴尬。而这是透过吃东西一事反映出来的。不像女记者朗姐以其经济能力，可以买得"庄园阶级的待遇"，罗宾的阶级属性按他的理解力，只能依赖遗嘱的内容：如果他在祖父的遗嘱中有份，他多多少少，可以跟任职于庄园中的表兄弟姊妹平起平坐；如果他被剔除于遗嘱之外，他从母亲那里继承了被逐出家门的贬抑身份，使他到了庄园，也不得其门而入，他住在给访客住的周边小木屋（玫瑰小屋），一个对庄园可望却不可及的所在——除了抱怨租金有点贵，他也抱怨那"连吃的东西都没有"。他描述庄园给朗姐听时，说："听说餐饮很棒，只不过从来没有人邀请我去吃一顿。"
等到因为谋杀案，他与庄园所有权者医生碰到面，医生问他你吃过午饭了
吗？"并说厨师夫妇可以帮他准备吃的——罗宾的失态与失控，是我记忆中推
理小说描述中最为惨伤的一段。"当然还没。我住玫瑰小屋的时候，你们哪一
次供过餐了？谁要你们该死的食物，别想给我施舍！"（142页）——原来他
并没有那么在乎食物。或者说，罗宾在乎食物象征的种种（免于饥饿、被接受
的安全感、与人联结的感情需求）到了极端神经质的程度——本可以用"吃过
没吃过"回答的Yes or No问题，引发了他情绪上的山洪暴发。整部小说没有一
句说到罗宾小时候饿过。但如果他七岁丧母，父亲也未负起养家的责任，作为
孤儿的实质感受，最可能，就是半饥半饱的痛苦。

罗宾的愤愤不平太夸张了吗？但是庄园里的生活，为了食物而组织的架
势，确实不同凡响。厨师夫妇来应征时，只是用来招待他们的茶点就包括"一
盘三明治、附奶油与果酱的司康饼与水果蛋糕"。这或许比推理小说中，某些
侦探们的正餐都来得丰富了。史卡德酒瘾很大，但似乎胃口不好。布洛克为侦
探史卡德写过最复杂的菜名，恐怕就是中国餐厅里的"猪肉蔬菜炒饭"了。
其余千篇一律的三明治偶尔点缀热狗。三明治是什么三明治？出现过熏牛肉口
味。有腌黄瓜或西红柿切片夹在里面吗？

同样以低分过关姿态，对待食物的苏·格拉芙顿，处理起三明治可就繁
复多了。但是铁三角中的女侦探负有颠覆性别角色的任务，很少会在书中以贤
妻良母之姿下厨。那么食物怎么冒出来？"不知何故，在我的工作中，似乎会
花上很多时间在一旁看男人制作三明治。"格拉芙顿笔下的金西·米尔虹调查
案件时，被调查的人似乎都会肚子饿，而饿肚子的男人会一边说话一边走到
厨房去做三明治。他们的厨艺往往比米尔虹高明，而米尔虹也不太女性化地
要求来一份吃吃。她会动口不动手，满口称赞，恰似传统男性扮演的角色。

"当肉在锅里煎之时，他将厚厚的美乃滋挤到一片面包上，另一片则放上芥末酱。"——用吐司与波隆纳香肠做成的三明治，真要与史卡德的相比，除了前者明写出的高油高脂，在内容物上，两者也许都是不相上下的简单。但格拉芙顿三明治显然是热腾腾的——史卡德的饼干，似乎都还比他的三明治来得有滋味。我们知道他去戒酒聚会吃的饼干，有时是燕麦口味，有时是巧克力——至于三明治的滋味，史卡德既不夸赞，也不抱怨。

史卡德的三明治似乎是形而上的——如果不说无嗅无味。他对食物没有深爱，除了酒之外。本身是严重酗酒者的莒哈丝，认为酗酒是灵性的问题，越是追求精神生活，越有可能酗酒。她说，普罗阶级比中产阶级更有灵性，所以酗酒状况更严重。

虽然许多推理小说中的侦探都说他们草草打发一餐，但就算草草，也还是有很多种草草。史卡德住在旅馆，想必没有厨房。米尔虹住在车库改建的房子，前男友来拜访她时，往往会负起为她填满冰箱的任务。她的房东从前是个面包师傅，时不时会做吃的送到她家。米尔虹有个匈牙利好友（？）罗西开餐厅——她俩主要的交流，似乎就是罗西为米尔虹决定吃什么，而且不容她反抗——这应该会令许多人想起母女关系中的对抗与施受。奇妙的是，经常反抗温情的米尔虹，却喜欢配合罗西的蛮横。"我有道菜非常适合你。是猪肝片加香肠与大蒜腌瓜，再和培根一起煮。另外，我会帮你做苹果皱叶甘蓝色拉加香脆的小面包。"罗西报出的菜单，念起来满像咒语。我对匈牙利美食并无不敬——但我不知道这些作料在现实中是否行得通。然而如同办家家酒似天马行空的菜式，往往无端更引发我的食欲。

派瑞斯基的女侦探华沙斯基会"用前一夜吃剩的鸡肉做三明治""用洋葱和菠菜泥做一个馅饼"（令我心中满溢赞赏与崇拜之情），也会"将豆腐放进锅子和菠菜、蘑菇煸炒，和手枪一起端到客厅"。——华沙斯基认为健康食品就是豆腐与菜蔬。她外食，但也是个自煮派。这里可能包含有意无意的教育功能与阶级认同——高档精品与高档美食的炫富功能，可能导致受薪与工人阶级非理性的消费渴望，它其实是压迫的手段，或就是压迫。真正优雅的食物法则，应该是实际、能增进弱势族群对自己生活的掌控，而非相反。曾听过以类似概念，增进儿童权益的说法。提倡教导少男少女简易美食烹饪，不是因应未来在家庭中的家政分配，而是使少男少女，此时此刻就能独立与自理。自己的晚餐自己煮，掌厨是掌权，也是掌平等。

意识形态的冲突，当然也会在进餐时加剧。在自命温拿（注）的前夫面前，与鲁蛇情同姐妹兄弟的华沙斯基大啖高胆固醇食物，果然引发养尊处优的前夫鄙视反应。前夫问餐厅有没有新鲜水果？他点菜时这样说的："我要草莓配优格，还有什锦果麦，脱脂牛奶配麦片"，令女服务生颇上火气。华沙斯基还交代了，餐厅从前并不供应这种餐点，是因为"他这种人"搬到了这一区才做了改变。——讲求养生，但时髦被看成刻意的阶级傲慢，是矫情，也是自命不凡。在派瑞斯基的逻辑里，健康很重要，但阶级认同与团结，似乎又在健康之上。

这套有上流派头的早餐，我第一次吃到，却是在德国的青年旅馆，或许草莓的位子给了其他水果。青年旅馆的早餐一向是平民风，如果没有推理小说的上下文，光看餐点内容，不见得看得出餐点的文化阶级意涵。德国的什锦果麦令我印象深刻，好吃好弄，泡在牛奶里吃。吃果麦是奢华吗？我算过。一包果麦如果吃二十回，一碗单价大概十五到二十元。假如是到早餐店买三明治，只比价，果麦未必较有身价。最图的是它包山包海，淀粉、蛋白质、水果与纤维质都到齐。比麦片类有嚼劲，又不像面包类得注意新鲜，有些早上容易嘴淡又没胃口，果麦就会是我的好朋友——喜欢果麦甚于谷片的原因是，果麦的甜来自果干，不像谷片有时是全面性的糖。果麦有种介于成人（不甜）与儿童（泡牛奶）间的气质，它的奢华形象与它的外地性或罕见性或许比较有关，而不见得因为它本身价位。

傲人早餐菜单中的草莓，可能比其他项目来得关键。我记忆中有一段找不到出处的描述，美国的侦探在吃到草莓时，会有一份警觉，因为在某个年代，草莓是空运到美国的，侦探吃到草莓，马上会推理当事人花钱大手大脚，因而考虑起亏空等财务纠纷或债务可能是犯罪动机。食物的形象，会因时因地改变，除了少数文化研究者或历史学家，这份日常记忆比我们想象的容易流失。当阿加莎·克里斯蒂写一部背景在埃及古代的小说时，她特别去请教专家的问题就是，那个时代的人，他们吃什么？虽然推理小说是个有名的类型，拥有一批热心严肃的读者，会去信小说家，纠正各种细节的错误，但是除了满足有写实癖的读者外，克里斯蒂的考究，应该还告诉我们另一件事。那就是，在跨时代或跨文化的环境里，有关食物的知识，并不容易凭空捏造。尤其在更遥远的过去，贸易与交通的区域局限仍存在，推理小说家在餐桌上犯的错误，一旦被追查，错误可能显得很夸张。

"请跟厨师说我要清炖肉汤、扇贝佐防风草泥、菠菜加女爵芋泥，最后再上柠檬冰糕，另外还要一杯冰凉的白酒……"这个点菜仪式出自在医疗体系中有实际经验的P·D·詹姆丝，这是先前小孤儿罗宾久仰，但到小说结束都看不到一眼的菜单。不同于美国铁三角写到食物时，多少指向生活的乐趣，詹姆丝写点菜，带有阶级内奸的性质。——就是泄漏让读者知道，高档餐饮并没有多神秘。罗宾的合伙人这样描述他和罗宾的生意："开班传授不想每次招待上司或带女友到高级餐厅吃饭都会出糗的新富阶级或野心家一些社交礼仪，这是罗宾的主意。"

本格派到几乎从不写一个好笑句子的詹姆丝，在这时，如哈雷彗星拜访地球般地给了我们她难得一见的幽默感：

英印（印度）混血的巡佐班顿问道："我以为有钱人不会在意这些，他们不是都自创规则？"班顿看起来像个印度人，我们从罗宾对他的言语攻击中得知的。詹姆丝时不时带到这个议题，那就是种族歧视固然在英国受到批评与改正，但是从阶级的角度，有一群紧抱传统价值的英国白人，从劳工阶级融入中产阶级，"从来没有哪个具备社会关怀的营利事业或心理机构，从匮乏或贫穷的角度，分析或免除他们的不如人感。"了解这个问题的朗姐，也不打算在记者生涯中拨出心力给这个群体，十六岁就开始端盘子的朗姐，最想要的就是摆脱她的原生族群。

因为父母相爱甚深，且有对印度的爱作为情感后援，比较是有印度脸而非印度认同的班顿，对父母与印度反而有某种良性疏离。我们看到，他对罗宾的挑衅不为所动，展现出的平和与自制，显示他是一个受到适度保护的成人。或许关键并不在于英国社会政策更看重提高种族自尊，而是班顿属于《大亨小传》中主述者的那种背景，我们可以想象班顿的父亲一样会给班顿这样的教诲："当你要开口批评别人时，不要忘记，不是每个人都像你一样占尽便宜。"根据班顿的自述，他与自己的女友是"不管再怎么努力，都无法甩掉身上那种受过良好教育的气质"。

如果我们贴近詹姆丝思考的脉络，社会不平等的结构不完全来自种族或财富累积的能力，还存在一个较难分析的元素，姑且称为"父母职能高低"。启动这个元素的人物未必是血缘上的父母，我们知道买下庄园的乔治医生，更受惠于其祖父，但不只是受惠于祖父经济优渥，祖父也是"高职能父母"，他"帮乔治支付昂贵的学费"的另一面就是，"能屈就伯恩茅斯的顶楼大厦"。有钱并不够，这个人要愿意牺牲自己的某些享受把钱用在孩子身上——享受是无尽的，拥有高职能父母真正意味的是，在生命中拥有某个能为你的未来，节制自己欲望的人。朗姐的酒鬼父亲虽然给她充满羞耻感的童年，但仍在她离家后，"每周寄来五英镑的支票"。詹姆丝毫不留情地写出罗宾身上的无教养弱势，他虽然也有阔绰的外祖父，但在生前不认他。他的起点不是父母职能的高与低，如同乔治与朗姐的差异，而是连起点都阙如——他和朗姐吃饭都由朗姐买单，这很容易被看作人品有问题。但是如果了解两人的成长背景，朗姐确实扮演着不自觉的代理父母，且因为她本身拥有的父母职能也偏低，她的付出带有承袭而来的省俭性格——不是从物质，而是从感情的角度而言。罗宾可以说在延长他的童年期，但之所以延长，原因就在于在主客观上，他还未得到基本满足。对吃食计较、怕吃不到东西——这是非常原始的儿童行为。

我们知道班顿巡佐会"在诺丁顿的农夫市集买菜"，在追求女友时，也觉得精心挑选的餐厅贵得吃不消，但他会"自己下厨讨她欢心"。他尽孝道的方式，也是为父母煮一顿饭。虽然小说没有写出菜色，但这是一个对自己厨艺有信心的男人。詹姆丝似乎有一种信念，均衡的人不会忽略食物，但倾向容易满足：班顿会记得华伦警官早上带来的"六个鲜美多汁的康瓦耳馅饼，味道一级棒"。雷娜女士，一个内在优雅的儿少更生人监护人，她说的每一句话，几乎都展现了可靠的父母职能特性，而她出现时的第一句话，是回答凯特巡佐旅途是否愉快——雷娜女士这样说："我坐靠窗的位置，没有小孩吵闹或是噼里啪啦爱讲手机的人。餐车的培根三明治很新鲜，景色很美，对我来说是趟舒适的旅程。"

我想，我应该不是唯一一个在"培根三明治赞美诗"之前，感到惊奇的读者。如果让我选择，我觉得，餐车的培根三明治，远比会诱发某些人严重匮乏感的庄园餐要可口多了。

尽管各家推理小说批判社会的力道与深度不一，但除了极少数例外，我们可以说，许多推理小说家拥有某种"知足常乐"的天赋与兴趣。在搜捕罪犯的同时，他们也热心介绍各种不求闻达、无入而不自得的身影。贪心是许多谋杀案的远因。当梅西·米勒描写某位女士"低头看着她的色拉，开始用叉子在盘子里挖掘，仿佛可以在明虾和生菜中找到某种东西，来缓和她尚未痊愈的伤口……"——不能被填满的空虚历历在目，凶手或许就在不远处。

悲哀、沮丧或痛苦的人，有可能借着食物得到救赎。在车祸中丧失儿子的父亲，因为能做出令人垂涎的三明治，甚至与前来调查的女侦探分享（没错！又是米尔虹那家伙，那么样地有口福。），可说是疗愈心伤的第一步——这个描写和解的段落，食物不是背景而是角色。

解释阶级的印记或散播享受生命的态度——这一类食物在推理小说中的任务，通常并不明显。食物在推理小说中较突出的角色，恐怕还是它的喜剧性格。当然，在阴郁的小说中，就连食物也显得惨伤与凄厉，下面这个出色的例子出自《眼中的猎物》这本书："松糕尝起来有如橡皮，里面的蓝莓看起来像只被打扁的紫色苍蝇。"——可怜的蓝莓，我不知道有什么其他水果在推理小说中，享有比它更糟的声名。从法医莫拉系列改编成电视影集的《妙女神探》，其中有一集，狙击手射击完后，在现场还留下蓝莓松饼的呕吐物，除了显示凶手在开枪后恶心到吐，还表示凶手杀人前吃过蓝莓松饼。又是蓝莓！蓝莓造了什么孽！

但是我个人颇相信，在影集《妙女神探》这个例子中，编剧很可能无意识受到阿加莎·克里斯蒂的影响。克里斯蒂有个短篇写过，就是因为餐厅女服务生，提起某位常客改变了用餐习惯，而引起侦探白罗的疑心。黑莓在这一篇中扮演了抢眼的角色。推理谜的脑海恐怕都很难，挥去这个有趣的小故事，而"莓果类"也因此，较大部分的水果来得有犯罪气质。

苹果也曾在谋杀中插上一脚，导致本来爱吃苹果的克里斯蒂笔下的推理作家奥利弗夫人，难过到改吃枣子。詹姆丝的小说写谋杀后，厨师不敢上炖肉，管家说："豌豆汤很好，热腾腾，营养又有安抚作用，而且有现成高汤……食物尽量简单好吗？我们可不希望看起来像教会的秋收祭。……"这种段落是詹姆丝学不来克里斯蒂的地方。克里斯蒂最难学的不是她的诡计，而是她的嘲讽——"知识分子都很容易肚子饿"——有次她这样写道。克里斯蒂的嘲讽，效果往往深到，我总是要用肚子笑，她尤其知道要简洁。詹姆丝终归是不能写喜剧的，这不一定是缺点。我第一次读到《谋杀之心》时，简直快乐到不行，虽然整本小说连一个笑点也没有。如果是克里斯蒂，她绝没有那么容易放过豌豆汤……好笑总是需要一点安那其的。詹姆丝是个有使命感的作家，克里斯蒂也是，可是后者的灵魂比较安那其。

这种安那其是切斯特顿式的，他笔下的侦探布朗神父不常在吃东西，但他的脸长得就像"……一颗诺克斯团子"——根据注释，那是一种里面不带馅料的汤圆，有时也被译为水饺。"把警察做成香肠"——他的一个人物这样喊道。在《蓝色十字架》中，布朗神父光用调味品就可以识破身旁人是否伪装："一般人要是喝到咖啡里加的是盐，通常都会闹起来；如果不闹的话，想必有什么不能闹的理由。"切斯特顿实在是太细腻了。这时，派瑞斯基的粗野就有着另一种令人惊愕的风情，读到"……我受不了再用威士忌配花生酱打发晚餐……"——我被激到立刻从心底回嘴：我也受不了！光用读的，我也受不了啊。

侦探夸张的饮食恶习，除了响应我早先说的用食物搞笑的诙谐功能，它也帮助读者放松。就像喜剧里屡试不爽的跌倒或撞到，它没深度没内容，但侦探在进食选择上或过程中的忧烦或乱来，响应的，不过是读者都会有的生活经验——那些磕磕绊绊。

除非是有饮食问题如厌食症，对一般人而言，光是食物的名称或是在场，就能唤起安定与温暖的情绪。推理小说，似乎视作者有多强的抚慰读者倾向，会决定食物占篇幅的分量。克里斯蒂的《暗藏杀机》，一本典型抚慰性大于一切的作品。小说开始没多久，两个主角对大快朵颐的热烈程度，几乎就表示了，这个故事不可能太凄凉。这个我定义为克里斯蒂最饿鬼的一本小说，也反映了特定的历史时空背景：战时的节衣缩食与战后的尚无着落。但是两个主角点菜的兴致，显示了生机勃勃。

最后，下面三个例子分别示范了如何运用食物出现的场景，融入个别作者特殊的怀抱，这些都是拿掉之后，完全不影响破案与否的旁枝，然而却可以使我们一窥此类型的写作，容纳了多么丰富的风格与笔法：

派瑞斯基不懈地进行日常生活性别政治的分析，这是小说化的女性主义批评：

> ……吃了几口之后，我不得不承认——只在内心承认，吃东西真的能让人觉得生命美好一点。牛排煎得恰到好处，褐色外层焦脆，内层仍是红的。他用蒜头爆香煎了一些菜，也没忘掉我的饮食习惯，带来一盘色拉。他很会烹调简单的菜式，全是鳏夫生涯中当成嗜好练成的本领。他太太在世的时候，他除了进厨房拿啤酒，从来不曾下厨。（171–172页）——《暗红杀机》。

格拉芙顿利用这种桥段，发挥混合了夸大与微妙的反讽：

> ……为了确保食物种类的多样化，我购买了几种不同的汉堡：麦香堡和大吉事汉堡。我还买了两种分量大小不同的薯条、洋葱圈，以及分量大到足以让我们每隔二十分钟就想去上一次厕所的大杯可乐。我还买了三盒有漂亮绳线提把的动物饼干。（280页）——《法外正义》

坂口安吾的写作，则近于历史性的社会经济调查，不无报道文学的政治性：

……明治二十年左右的平均每日工资……工资最高的是洋裁师傅，一天四十钱。……贫民窟……好一点的剩饭一百二十泉（译注：泉，重量单位，约3.75克）一钱，烧焦的一百七十泉一钱，剩菜一人一度分一厘……平均一人吃剩要花费六钱……（209页）——《时钟馆的秘密》，收于《明治开化安吾捕物帖》

注：温拿就是winner，成功者的意思。

张亦绚

巴黎第三大学电影及视听研究所硕士，
著有《我们沿河冒险》《晚间娱乐：推理不必入门书》等。

附录：二〇一六年年度散文纪事
杜秀卿

一月

·一月一日，作家毕璞过世，享年九十四岁。本名周素珊，一九二二年生，曾任报刊编辑，创作文类横跨散文、小说、儿童故事、杂文、评论、传记等，二〇一五年七月由秀威信息出版《毕璞全集》（散文、小说）共二十九册。

·一月四日，作家钟肇政以其文学卓越成就获第三十五届"行政院文化奖"。

·一月七日，《亚洲周刊》公布二〇一五年十大好书：朱云汉《高思在云》、杨儒宾《一九四九礼赞》、孙隆基《新世界史》、秦晖《走出帝制》、陈加昌《我所知道的李光耀》、阎明复《阎明复回忆录》、刘绍华《我的凉山兄弟》、蓝博洲《台湾学运报告》、阎小骏《香港治与乱》、刘再复《吾师与吾友》。

·一月十二日，二〇一六台北国际书展大奖公布六本获奖作品，非小说类为詹宏志《旅行与读书》、辛永胜与杨朝景《老屋颜》、詹正德《看电影的人》。

·一月十三日，作家马景贤过世，享年八十四岁。一九三三年生，台湾师范大学中文系夜间部毕业。曾服务于图书馆界，儿童文学方面除研究外，写作范围有儿歌、童话、小说、散文、剧本、相声及翻译等，著、译、改写作品百余本。

·一月二十四日，第十八届菊岛文学奖举行颁奖典礼，散文类社会组：首奖夏意淳，优等吴宗霖，佳作刘力维、林郁茗、林俞彣；青少年组：首奖陈书慧，优等沈欣苹，优等郑百恩，佳作崔德辉、洪睿妤、李禹彤。

二月

·二月十五日，二〇一五年闽客语文学奖得奖名单揭晓，闽南语散文类社会组：第一名王永成，第二名陈利成，第三名洪协强；教师组：第一名苏世雄，第二名陈正雄，第三名刘孟宜；学生组：第一名郑雅怡，第二名林晓瑛，第三名王倩慧。客语散文类社会组：第一名陈美蓉，第二名黄永达，第三名彭瑞珠；教师组：第一名徐姿华，第二名张瑞玲，第三名吴余镐；学生组：第一名张旭英，第二名吴菽秦，第三名王倩慧。

三月

·三月五日，作家王灏过世，享年七十岁。本名王万富，一九四六年生，文化大学中文系毕业，曾任教师、编辑等。文字写作与绘画创作同步并行，著有诗集《市井图》，散文《一叶心情》等。

·三月九日，作家杜潘芳格过世，享年九十岁。一九二七年生，新竹高等女学校（今新竹女中）毕业，自幼受日语教育，为"跨越语言的一代"作家。著有诗集《庆寿》《淮山完海》等。

·三月十七日，二鱼文化公司举办"二〇一五饮食文选新书发表会"，主编为洪珊慧，并邀请吴晟、焦桐对谈"饮食·台湾"。

·三月二十日，第九届阿公店溪文学奖公布得奖名单，大专散文组：第一名陈硕甫，第二名邱芳亭，第三名郑谕菜；高中散文组：第一名麦文馨，第二名吴俊贤，第三名崔家玮；初中散文组：第一名林品融，第二名曾献鋐，第三名郭伊婷；小学散文组：第一名方宥钧，第二名萧旖柔，第三名苏宥璘。

·三月二十二日，九歌出版社举办"二〇一五年度文选新书发表会暨赠奖典礼"，年度文选分别由袁琼琼、童伟格、周姚萍主编散文、小说与童话，"年度散文奖"得主言叔夏《卖梦的人》。

·三月二十五日，巫永福三大奖公布决选名单，文学评论奖得主为许达然，文化评论奖得主为陈耀昌，文学奖得主为田中实加。

四月

·四月十二日，第十八届台北文学奖公布得奖名单，竞赛类散文组：首奖吕政达，评审奖朱浩一，优等奖谢凯特、刘庭好；文学年金类入围：张怡微《台北RUNAWAY》、伊丝塔《飞羽集》、王正良《爱旅行，毛——台北，二〇一六》。

五月

·五月四日，第四十届金鼎奖得奖名单揭晓，图书类出版奖与散文相关者：郭琼森《何不认真来悲伤》、胡慕情《湾宝，一段人与土地的简史》；特别贡献奖由台湾书店文化协会理事长陈隆昊获奖。

·五月四日，第五十七届中国文艺奖章举行颁奖典礼，荣誉文艺奖章文学奖获奖人：陈义芝，文艺奖章文学创作获奖人：张辉诚、方群、徐享捷。

·五月二十日，二〇一六书写高雄文学创作奖助计划入选名单出炉：刘崇凤、杨蕙瑜、杨子霈、林韦助、郭昱沂、梁明辉、李友煌。

六月

· 六月五日，作家师范过世，享年九十岁。本名施鲁生，一九二七年生，中央大学经济系毕业，曾任公职，一九五〇年和金文、鲁钝、辛鱼、黄杨创办《野风》杂志，是国民政府迁台后第一本纯民间的文艺刊物。著有《没有走完的路》《紫檀与象牙》等。

· 六月七日，二〇一六客语文学创作奖公布得奖名单，散文组：第一名黄士蔚，第二名曾秋梅，第三名罗瑞霞，佳作冯筱芬。

· 六月九日，第三十四届全球华文学生文学奖举行颁奖典礼，高中组散文：第一名苏筠茹，第二名林槿茹，第三名张紫瑄、江采玲，佳作陈思颖、江乐筠、赖禹亘、许嘉珈、谢伯伟、林芝仪、夏暄；初中组散文：第一名郑紫涵，第二名顾庭弘，第三名李羿升，佳作唐翊雯、王明琛、李璇、黄绍庭、于秋雨。

· 六月十四日，剧作家贡敏过世，享年八十六岁。本名贡宗耀，一九三一年生，政工干校影剧科毕业。创作涵盖话剧、京剧、电影、电视、广播剧、舞台剧剧本，并且执导过舞台剧、电影和电视剧，身兼剧评者和戏剧教师，且是台湾新编京剧重要推手。

· 六月二十八日，第三届联合报文学大奖公布得主为吴明益。

· 六月二十九日，第十五届兰阳青年文学奖公布得奖名单，散文类：首奖曾郁欣，优选李悦、黄玉真，佳作林钰书、孙素昕、张瀛天、朱彦蓉、杨晴、游羽琛。

· 六月三十日，第十八届磺溪文学奖公布得奖名单，散文类：首奖陈育萱，优选张辉沧、林明霞、张舜忠、梁评贵、夏意淳、叶祍樑；报导文学类：首奖游晓薇，优选邱日辉、黄慧凤、刘美雪。

七月

· 七月十八日，《中国时报·人间副刊》突宣布第三十九届时报文学奖"暂停举行一次"。

· 七月二十七日，第七届桃城文学奖公布得奖名单，散文组：第一名陈育律，第二名梁评贵，第三名陈倚芬，优选邓荣坤、林育靖、房靖如。

八月

· 八月四日，第六届台南文学奖公布得奖名单，一般组华语散文：首奖杨子漠，优等李秉枢，佳作吕政达、蔡佩家、李庆章；报导文学：首奖郑纪威，优等郭桂玲，佳作蔡仲恕、汪郁荣、王永成；青少年组散文：第一名张佑祯，第二名黄柔祯，第三名赵萃，佳作刘淯婧、邱靖婷、潘佳妏。

· 八月九日，作家王拓过世，享年七十三岁。本名王纮久，一九四四年生，政治大学中文系硕士。曾任教职、公职，二十世纪七十年代末期乡土文学论战期间，不仅作品成为论战焦点，自身也发表多篇文章参与论战。著有《张爱玲与宋江》《金水婶》《望君早归》等。

· 八月十七日，第十八届南投县玉山文学奖公布得奖名单，文学贡献奖得主为潘樵；文学创作奖散文类：首奖梁评贵，优选余秋慧、郑昱苹、曾昭榕，南投新人奖梁雅婷；报导文学：首奖张欣芸，优选张庭瑜、林明宏、林佑华。

· 八月十八日，第五届台中文学奖公布得奖名单，文学贡献奖得主为刘克襄；文学创作奖散文类：第一名廖宣惠，第二名梁评贵，第三名梁雅英，佳作萧羽芳、许竣隆、赵文彬、蓝舸方；青少年散文类高中组：第一名郭仲翎，第二名陈孟洁、谭雅，第三名刘彦邦、林昀频、叶俐君，佳作王怡桦、杜奕德、唐明严、江昕洁、刘育维、张存一、陈俞均；初中组：第一名蔡惟絜，第二名林可钧、纪志霖，第三名郭攸婧、曾姵璇、郑诗宜，佳作洪薏瑄、潘俊晔、谢棻仔、王靖淳、张芷熏、童菀庭、翁呈侑。

·八月二十三日，二〇一六新竹县吴浊流文艺奖公布得奖名单，散文类：首奖廖宣惠，贰奖黄彦绫，参奖杨雅蓉，佳作邓荣坤、陈昱良、林丽秋、梁评贵。

·八月二十七日，作家杨南郡过世，享年八十五岁。一九三一年生，台湾大学外文系毕业，创作文类以散文为主，创作题材均和山岳、古道有关，著有《台湾百年前的足迹》《寻访月亮的脚印》等。

九月

·九月五日，二〇一六年台湾文学杰出博硕士论文奖获奖名单揭晓，共有博士论文刘育玲等三篇及硕士论文宋家瑜等九篇获奖。

·九月二十二日，二〇一六马祖文学奖公布得奖名单，散文组：首奖梁雅英，评审奖黄昱翔，优选王百祥、梁评贵，佳作陈文伟；青年散文创作组：首奖从缺，优选许雅贞、邱祖颐、柯忻辰。

·九月二十六日，第十九届梦花文学奖得奖名单揭晓，散文：首奖张珍华，优选陈韦任，佳作邱学志；报导文学：佳作江宝琴、张欣芸；母语文学：佳作黄碧清、陈利成、王永成、王兴宝、根阿盛、梁纯绣；青春梦花初中组：优选黄蕙慈、胡安妤、邱庆价、王韵绫、李佳蓁；青春梦花高中组：优选吴媛佑、徐瑜霈、黄宥儒、邱钰憓、邱庆浚。

·九月二十九日，二〇一六年教育部文艺创作奖举行颁奖典礼，散文类教师组：特优江伊薇，优选黄庭钰、蔡其祥，佳作徐文娟、黄森茂、林姵君；学生组：特优黄家祥，优选沈宗霖、冯孟婕，佳作曾筱喻、林孟洁、李宛谕。

十月

·十月二日，作家晶晶过世，享年八十五岁。本名刘自亮，一九三二年生，杭州女中毕业，服务军职三十余年，著有《人生丝路》《为生命找最爱》《蒸发的美人鱼》等。

·十月四日，第六届新北市文学奖公布得奖名单，黄金组：第一名张知礼，第二名彭秋香，第三名孙秉森，佳作陈云和、黄献荣、夏婉云；成人组散文类：第一名刘素霞，第二名简敏丽，第三名汪龙雯，佳作郑丽卿、梁评贵、洪婕倪；职场书写类：第一名沈信宏，第二名魏振恩，第三名林力敏，佳作赖俊儒、黄修纹、石依华；青春组散文类：第一名吴沇慈，第二名陈佳钰，第三名宋佳音，佳作王亭柔、吴昀芝、蔡明修、苏怡兰、杨佳勋；新北漫游书写组：第一名陈文伟，第二名廖淑志，第三名徐郁智，佳作魏振恩、杨雅筑、黄文俊。

·十月二十日，二〇一六后山文学奖公布得奖名单，在地书写散文类社会组：第一名罗谆，第二名岳冰，第三名吴玮婷，佳作梁玉琴、黄正中、黄义铭、钟佩娟、林砚俞；高中组：第一名古子明，第二名石仁安，第三名李羿升，佳作高至柔、林哲甫、陈亮元、乐安婕、洪恺隆；初中组：第一名杨乐多，第二名黄薇心，第三名黄筱晴，佳作曾晴、郑棨睿、李欣容、杜佳馨、陈若璇、胡圣恩；全民书写组小品文类：张欣芸、陈侃妍、俞佩佩、张俐雯、蔡升融、梁评贵、刘志宏、陈曜裕、张蔓欣、黄文俊。

·十月二十四日，学者陈信元过世，享年六十四岁。一九五三年生，文化大学中文系毕业，从事出版工作二十多年，后转入教育界，并从事两岸文学与出版的交流活动。著有《从台湾看大陆当代文学》《大陆新时期散文概述》等。

·十月二十九日，二〇一六年高雄青年文学奖公布得奖名单，散文类文青组：首奖Shadow，优选朱容莹、陈楷桦，佳作邱毓茗、邱羽瑄、反枕、天边、林益彰；靓文青组：首奖邱楚钧，优选Mr. Forty Seven、Armie，佳作慧斗、纪沛岑、柯淬甄、陈又瑄、陈冠仰；小文青组：首奖小助教，优选王郁婷、苏映瑜、李丞伟，佳作星月、九尾影狐、陈蝶兮、曾钰茜、刘淑美。

·十月二十九日，第十五届文荟奖——全台身心障碍者文艺奖举行颁奖典礼，文学类大专社会组：第一名王秋蓉，第二名曾信荣，第三名吴阿花，佳作黄柏龙、李森光；高中职组：第一名臧成哲，第二名王柏皓，第三名梁家瑄，佳作林奕佐、陈婉坪、王群越；初中组：第一名邱映蓉，第二名游高晏，第三名朱心慈，佳作吴俊贤、李宜嘉、李语芟；小学组：第一名徐可庭，第二名陈桢元，第三名张宸维，佳作林慕华、陈谊、柯虹宇；心情故事类：第一名王丽娟，第二名尚纬忻，第三名林玠芷、第三名吴淑惠。

·十月三十日，第十五届大武山文学奖公布得奖名单，报导文学组：首奖黄山高，评审奖张龙潭；散文组：首奖张宗正，评审奖梁评贵、魏振恩。

十一月

·十一月一日，二〇一六桃园钟肇政文学奖公布得奖名单，报导文学类：首奖张捷明，贰奖杨智杰，参奖简李永松，佳作林惠珍、杨语芸、江冠明。

·十一月五日，第十二届林荣三文学奖举行颁奖典礼，散文奖：首奖朱国珍，贰奖楚然，参奖顾玉玲，佳作李勇达、萧诒徽；小品文奖：林妈肴、Nero、谢孟宗、李学人、庄韵苹、林文腾、方秋停、林育德、洪雪芬、赖翠玲。

·十一月七日，第二十九届梁实秋文学奖公布得奖名单，散文创作类：首奖顾玉玲，评审奖冯孟婕、陈宇昕、汪美葵。

·十一月十五日，二〇一六打狗凤邑文学奖公布得奖名单，高雄奖得主为洪明道；散文类：首奖梁评贵，评审奖郭家璋，优选许闳淳。

· 十一月十六日，二〇一六台湾文学奖得奖名单公布，图书类散文金典奖：郭琼森《何不认真来悲伤》、陈芳明《革命与诗》，入围者尚有：陈柏青《Mr.Aolult大人先生》、阿泼《介入的旁观者》、袁琼琼《沧桑备忘录》。

· 十一月二十二日，作家陈映真过世，享年八十岁。本名陈永善，一九三七年生，淡江文理学院（今淡江大学）外文系毕业。曾任教职、制药厂经理，一九八五年创办以关怀被遗忘的弱势者为主题的《人间》杂志，开创台湾报导文学杂志的先河。著有《第一件差事》《将军族》《父亲》等。

· 十一月二十三日，作家邵僩过世，享年七十二岁。一九三四年生，新竹师专毕业，曾任教职、编剧，创作包括小说、散文、评论、儿童文学作品、电影剧本等。著有散文《汗水的启示》《拿粉笔的日子》，小说《骑在教堂窗子上》《汲泉》等，多篇散文入选初中中文课文。

十二月

· 十二月一日，第十三届浯岛文学奖公布得奖名单，散文组：首奖夏维泽，优等奖何志明、蔡其祥、吕武隆、刘志宏。

· 十二月四日，第七届兰阳文学奖举行颁奖典礼，散文组：第一名郝妮尔，第二名黄春美，第三名林志远，佳作吴茂松、陈曜裕、林佳桦。

· 十二月十一日，第六届全球华文文学星云奖举行颁奖典礼，文学星云奖贡献奖得主为李永平；创作奖报导文学奖：首奖顾玉玲，二奖曾柏彰，三奖何春萍；人间佛教散文：首奖陈曜裕，二奖顾德莎，三奖刘邦彦，佳作孙彤、刘志宏、余孟书、潘秉昱、顾玉玲。

· 十二月二十一日，金石堂书店公布"年度风云人物暨十大影响力好书"，出版风云人物为郭重兴，作家风云人物为邓惠文，十大影响力好书与散文相关者有詹宏志《旅行与读书》。

· 十二月，已举行二十七届的开卷好书奖停办。《中国时报》于一九八八年四月二十四日创刊书评版面《开卷周报》，一九八九年开始举办开卷好书奖，奖项备受出版社及作家重视，本年因《开卷周报》停止书评版面，开卷好书奖因而停办。